在一切开始之前

魏　冶

著

海峡出版发行集团 | 海峡文艺出版社

图书在版编目(CIP)数据

　　在一切开始之前 /魏冶著. —福州:海峡文艺出版社,2024.7
　　ISBN 978-7-5550-3612-8

　　Ⅰ.①在… Ⅱ.①魏… Ⅲ.①中篇小说—小说集—中国—当代②短篇小说—小说集—中国—当代 Ⅳ.①I247.7

中国国家版本馆 CIP 数据核字(2024)第 107521 号

在一切开始之前

魏　冶　著

出 版 人　林　滨
责任编辑　刘含章
出版发行　海峡文艺出版社
经　　销　福建新华发行(集团)有限责任公司
社　　址　福州市东水路 76 号 14 层
发 行 部　0591－87536797
印　　刷　福州万达印刷有限公司
厂　　址　福州市闽侯县荆溪镇徐家村 166－1 号厂房第三层
开　　本　889 毫米×1194 毫米　1/32
字　　数　157 千字
印　　张　8.875
版　　次　2024 年 7 月第 1 版
印　　次　2024 年 7 月第 1 次印刷
书　　号　ISBN 978-7-5550-3612-8
定　　价　49.00 元

如发现印装质量问题,请寄承印厂调换

目 录

渊中

渊面黑暗；神的灵运行在水面上。

——《旧约全书·创世纪·1：2》

半小时前，刘伟汉就该打出这个电话，但他一直没想好怎么说。有时候说话简单，比如和王雪梅说，怎么说都行；有时候难，比如和周先珍说，多说一个字都难受；有时候简直要命，比如有些话说出去，是要亏待别人的。汉字，就那几个音节，有时翻来覆去在脑子里都顺得淌水，捂得发霉了，但就是说不出去。

阿来的电话倒先来了。

他声音有点怪怪的，嘶哑，说："舅，我这儿有个活儿。"

刘伟汉愣了会儿，说："你说说。"

刘伟汉是个水鬼。

算年纪，刘伟汉不大，四十出头，但他看起来又黑又老。很多次下水之前，别人都怀疑是不是搞错了年龄，拿着他的身份证反复核对。都是一锤子买卖，没有回头客，别人信不信你都是这么一回，别的水鬼多是身上鼓鼓囊囊连块的棒小伙，从外形上刘伟汉确实不够看。别人嘀嘀咕咕下不来决心的时候，他也不恼，提起工地上的一个水桶，不管里面多少泥水，一气就把头撅进去。阿来在旁边记着时，五分钟准时掐表，他一头水一脸泥地拔出来，平静地接过毛巾把脸揩干。工地上的人嘴张得滚圆，赶忙和他谈价钱。

刘伟汉这边三言两语听完阿来的话，气得头皮发胀。这小子疯了！这种活他怎么也敢介绍过来？

正规大公司叫潜水员，刘伟汉这种游击队没名字，只能叫水鬼。水鬼不去大江大海里，专门下各种工地的钻孔，泥水里打捞掉落的钻头。倒不是钻头值钱，现代建筑是精密活，打了桩孔不能改，一改就牵一发动全身，工地花不起这个代价。这种活，保险公司不给上保险，工地也不能上预算。偷偷地来，悄悄地走。下去一趟，价格不菲，如果不慎牺牲，工地也有高额赔偿，现场签生死合同。干这行牺牲的倒是少，但干的人还是不多，因为病。刘伟汉就干了四五年，从一个年轻小伙干成了小老头。一到阴雨天，四肢关节没有一个不疼。血液里都是增生的气泡。他的黑和老，是气血耗得太厉害。这些年赚了些钱，他准备好退路，已决定撒手不干。

　　愿意冒险干这活儿的都是生活所迫，他是因为儿子。刘伟汉原先在河里跑船，忙得一年到头不在家。在没落行业，人拔尖儿也没用。刘伟汉水性好，肯吃苦，还是赔个底儿掉，船也卖了还债。小勇长期没人管教，学坏了。刘小勇的坏，还真不是吃喝嫖赌，是一根筋。中专毕业，先开奶茶店，再合伙开手机店，一开就黄，折进去几十万，刘伟汉走路都发飘。儿子还想百折不挠开个桌游店，刘伟汉这次是死死把住口袋。小勇也倔，终日闭门不出，一句话没有。小勇年纪一年年上来，未来娶妻生子都是钱，刘伟汉不拼命不行。水鬼得有搭档，搭档收入也不少，活儿其实挺好做，操纵一条氧气管，一条通话线，保持氧气充足，通话畅通，剩下水鬼自己拿主意。肥水不流外人田，刘伟汉本想让儿子接班，第一次差点儿就要了老命。他下潜之后，小勇随便摆弄两下，就坐在一旁打王者荣耀。他喊破喉咙也没人理会。浮上来之后，他气得把小勇手机甩到地下。他粗中有细，看准了，把手机丢到泥里，顶天也就是个轻伤。小勇青出于蓝，把一套电子设备丢进钻孔，捡起手机扬长而去。刘伟汉还没来得及发火，儿子已通过周先珍告诉他，再不干这行，并从此不再和他说话。

病痛催促他最好一天也别耽误。不好开口的是他的外甥兼搭档阿来。阿来是表姐的儿子，高中毕业没活干，表姐托他帮忙。如果散伙，阿来二十来岁的年纪，除了干这个，啥也不会，他怎么向表姐交代？他和周先珍说了两句为难之处。她冷笑，推小勇推得够快的，到了别人的儿子，就思前想后的，那个女人就是不一般。

就在这个节骨眼上，阿来的电话来了，刘伟汉心里本来不是滋味，一听这活儿这么晦气，心情更郁闷了。一个水鬼死在钻孔里，工地高价叫人去捞。别说刘伟汉准备金盆洗手，就放平时，他也根本不会考虑。水上跑过船的人，谁不迷信？老天爷嘴唇一张一合，就能要你的命。他不算迷信的人，每次跑船前还是东南西北拜一圈儿。别的水鬼出事，他平时是不让阿来提的。他今天却说来一个这样的活，是不是疯了？想到这里，他火冒三丈，大喝一声："你是不是喝多了，想的什么东西！"

但他实在火不起来。阿来是个好搭档，忠厚老实。在这种年代，忠厚老实有两个难，一个是保持特别难，一个是在社会上立足特别难。要是阿来是那种泥鳅一样滑的人，他一点不担心。水鬼都是独来独往，就是认识，别人也只要自己知根知底的人，他能把阿来介绍给谁？但这个职业是定时炸弹，到今天没炸死，是运气好，不能再逞强。他周末已经去县城看了铺面和房子，除了给儿子准备婚房，还留下点钱准备开个小店过活。想起表姐那一脸愁容的样子，刘伟汉还不知道怎么交代。但现在一想，正好借这个机会，没法交代也要交代。

阿来显然慌了："舅，我也学了几年，不然这次让我下去？"

"你想钱想疯了，你会什么？嫌命太长吗？你死了不要紧，你妈指望谁？"

阿来忽然哽咽起来："我妈恶化了，昨天医院下了病危。"

这么快？刘伟汉有些发蒙，才记起来，表姐身体不好有段时间了。

"现在差多少钱？"

"之前凑了一些，现在住在 ICU，边筹钱，还缺口二十多万。"

刘伟汉听见自己声音发虚："那边说给多少？"

"舅，你改主意了？"

"先别说那么多！"

"捞起来给十万，捞不起来下去一趟能定位也给三万，毕竟晦气，冲邪的。"

"还冲邪呢，这帮狗东西。那水鬼怎么没的？"

"说是手生，心脏还有点问题，下去就没动静了。"

"怎么不直接捞上来?"

"说水鬼搭档是临时组的,出事就跑了,工地半天拉不上来。横拉硬拽,没留神,绳子也掉下去了。"

"多深的孔知道吗?"

"二三十米。"

"二十米和三十米能一样吗?"

"说是三十四米差不多。"

"要命啊! 二十米就是深潜,三十米手生的也敢下?"

"舅,你看……"

"你等我电话吧。"

刘伟汉点了一根烟,眯着眼睛,笼罩在一团烟雾里,让脚带着他乱走。

二十多年前,刘伟汉以第一名的成绩考上初中,在镇上舅舅家寄读。表姐白净温柔,支持他,认为他会有出息。初中毕业后,父亲不让他上高中,叫他跑船挣钱。走的时候,表姐哭得梨花带雨,让他更憎恨自己的父亲。父亲死了有些年了,刘伟汉已记不清他是什么样子。印象中他皮肤被风吹日晒得黝黑又满是裂缝。常年不回家,一回家就要决定他们的命运。校长试图说服父亲让他继续读书,说他文章写得好,能读出来,被父亲骂退了。从此，他的人生一路下坠。父亲跑船淹死，他接着跑船，吃苦遭罪赔钱。看着同龄人上了高中，他心中烦忧，整日喝酒，稀里糊涂地娶了一个自己不爱的女人。他知道生活已经被焊死了。

那些年并非一团漆黑，唯一一道光亮是一次夜里跑船前，表姐来到船舱。他不可思议地发现表姐打开披肩，静静地坐在船头，碎花小裙子下什么也没穿，两粒乳头像茶花初绽的蓓蕾。他惊慌失措。更令他惊慌失措的是，自己的身体居然没有任何反应。混乱中，他采取了一种最糟糕的应对方式。回想起来，船是停在岸边的，他完全可以用伦理的名义婉拒，从岸边离开。但在惊慌失措下，他居然一跃跳进了水里。深夜的水冰冷刺骨，冻得他一激灵。他在水里下意识回望，黑沉沉水上一轮明月低垂，船舱里表姐的头比它垂得更低。在表姐看来，他得多厌恶自己才会这样做呢？一个女孩一辈子也许就鼓起一次勇气向别人袒露心扉和身体，又怎能遭受这样的打击？

第二天，他心内如焚，不知怎么跟表姐解释，喝得醉醺醺的，七转八转到了麦麦叔家。麦麦叔小女儿周先珍一个人在家。她大胆泼辣，心里喜欢刘伟汉，热情上前招呼。她不像表姐那样矜持，和醉汉半推半就，肉贴肉地厮磨。刘伟汉醉里还对昨天的不振作耿耿于怀，跃马拧枪就上了，等酒醒了才看清楚是谁的脸。

结婚时舅舅一家都来了，就表姐没来，说身体不舒服。刘伟汉知道天堂地狱间隔就在一瞬间。他的生活没什么指望了。

表姐对刘伟汉混合了恋人的爱和姐姐的期许。这两种美好的感情，哪一样都不容破坏。刘伟汉却破坏得足够彻底。即使他碍于世俗眼光不想接受表姐，他也不该转身就娶了如此世俗凶悍的老婆。既是自甘堕落，也是对表姐的侮辱。谁能解释其中的谬误和差错？周先珍当然觉察到这一点，她自知比不上表姐，对表姐充满了尖酸的讥讽和敌意。她一直耿耿于怀刘伟汉选择阿来做搭档而忽视儿子的荒唐。对过去种种和妻子的敌意给表姐带来的伤害，刘伟汉一直都在努力化解。

忽然涌上的回忆让他身上发热发胀。他发现脚把他带到老地方来了。

王雪梅在屋里煎带鱼，满屋子香气。

"呵，吃那么好呢。"

闻到香味，刘伟汉心情明快了些。

"那是，没人疼，还不得自己吃好点？"

"怎么说话呢？怨谁呢？"他在王雪梅腰上掐了一下。

"别别别！小心，锅翻了。"她呵呵笑着，夸张地往后缩，"厨房有啤酒，你去开了，我待会儿把鱼端上来。"

当水鬼之后，刘伟汉花钱比以前大方多了。这条命，活一天算一天，是捡来的，不能潦草对付。拿到第一笔打捞费，他去足浴城，把套餐来了一个遍。完了之后，他终于弄明白为什么有钱人喜欢足浴城。舒服！又挤又压又推，又冲又蒸又洗，把过去穷酸不堪的自己，揉碎了冲进地漏。在那儿，他认识了王雪梅。她是新进的技师，年纪大，但最勤恳，最卖力。刘伟汉第一次上钟就是她，王雪梅第一次上钟也是他，把他捏疼了，赶紧道歉，急得满头汗。刘伟汉觉得这个人实诚，回回来找她，一来二去，两个人就熟了。王雪梅不是镇上的人，在星镇，外地人是被低看一眼的。她是个重庆女人，早年嫁到这里，丈夫死了，女儿远嫁了。她一个人自由自在。刘伟汉和她认识久了，发现她东西做得好，家里收拾得也干净，让人舒服。难得的是，她对刘伟汉也感兴趣。每次和她说下潜，她都瞪大眼睛，听得津津有味。不时叫出声来：哇，你太牛了，太敢了！这感觉比做爱还舒服。他们做过几次，但两人都发现对此不感兴趣。他们喜欢在一起喝喝酒，吃吃菜，说说话。刘伟汉觉得和别人说话都很累，包括和阿来。但王雪梅一下就能理解自己的话，并且听得津津有味，好像怎样也不倦。刘伟汉是一个看重钱的人，看重钱就像捞到金沙的人一样把手紧紧捂着。捂得再紧的手也有指缝，王雪梅就是这个指缝。

带鱼炸得干湿正好。太干，感受不到肉的厚实口感。太湿，则缺香气。两人就着啤酒，一边吃一边说。王雪梅听得很认真，吃得也认真。她抽了张纸巾揩揩手，把一缕掉下来的发丝挽回耳朵。用白色的牙齿去梳理金黄的鱼肉。刘伟汉看得有些痴了。

"你怎么不吃啊？"王雪梅问，"不好吃吗？"

"没，我在想这个活儿到底要不要接。"

"很简单，如果你想赚钱，你就去。如果是为了救表姐，你还是省省吧。"

"为什么？"

"还能为什么。为了赚钱，你什么都不想，就没事儿。为了救人，你思前想后，就容易出事。"

"为什么我救人就会思前想后呢？"

"不思前想后，你直接去就好了，问我干吗？"她笑了，把一支鱼骨丢进白色骨碟，用纸抹抹嘴，看着他，"对不对？"

"我感觉你想复杂了。碰到大事，多想想是正常的，你说是不是？"

"想复杂的不是我，是你。你说你那些钱能干啥？这种病救下来又怎么样。后面也是没完没了花钱，活着还没啥滋味儿。你一块铁能打几颗钉？也就是你顾着，别人老公才能放心天天在外面喝酒。"

"可是，阿来……"刘伟汉正要继续说，王雪梅的屋子里忽然发出一声响，他扭头看去。

门洞里走出来一个男的，裸着上半身。拿毛巾揩头，边走边说："雪梅啊，你这热水力道不够。改明儿，我给你改个水压……"

他忽然不说话了，因为他看见了刘伟汉。刘伟汉认得他，他是镇上做铝合金门窗的老吕，下巴上有几个瘊子，他名声不好，喝醉酒猥亵过镇上的采茶姑娘，被人找到抽了几个嘴巴。老吕看见刘伟汉尴尬地一笑，说："来玩啊。"把毛巾一丢，套上衣服，和王雪梅闪个眼神就往外走。

王雪梅说："不吃带鱼吗？"他好像在外面撞到什么，"咚"的一声，说："啊，不了。"

刘伟汉说："他来干吗？他家热水器坏了？"

王雪梅说："我不知道坏没坏。"

刘伟汉说："那他来干吗。"

王雪梅说："那你来干吗呢？"

刘伟汉说："来和你聊天儿。"

王雪梅说："他也是来聊天。"

刘伟汉说："聊天怎么洗上澡了？我不信。"

王雪梅说："不信你还问。"

沉默。

王雪梅看刘伟汉一直看着她，勉强笑了笑。"是，我和他睡了。"她抬高声音说，"我在足浴城。别的也不会做，做这个不是很正常？我不做，别人也认为我是做这一行。"

刘伟汉说："为什么？"

王雪梅说："谁给我女儿钱？"

刘伟汉说："我以为你不做的。"

王雪梅说："我不像你这么纠结，人生天地间，别给钱憋死，我做这个也不亏心。"

刘伟汉说："我以为我们……"他没说下去，他看着盘里炸带鱼黯淡的眼珠子，想吐。

王雪梅笑了："我们怎么了？我们不是也做过吗？你还给钱了。"

周先珍和儿子饭吃到一半的时候，刘伟汉回来了，这是他们没想到的。周先珍站起来问吃了没，刘小勇在角落里头也不抬。刘伟汉摇摇头，周先珍说："那快吃吧，我去厨房拿碗筷。"端起桌上一碗东西就往厨房里走。刘伟汉说："你回来，手上是什么？"周先珍只得走回去，刘伟汉一看，一碗泥鳅煲。

刘伟汉说："我说过什么。"

周先珍说："我这也是……"

刘伟汉抄起一个玻璃杯，往地上砸得粉碎："我再说一次！不要把这个东西带回家！"

周先珍一哆嗦："这不是想解解馋吗？我现在就倒了。"

"解馋就非得吃这个啊？这么多山珍海味不能吃，非吃这样的垃圾。你们是不是存心气我？"

"是我让妈做的。"小勇在饭桌上抬起头，"泥鳅也不是垃圾，我们喜欢吃。你迷信你自己的，别带上别人。几十岁的人了，还没点儿数吗？"

这句话把刘伟汉惹恼了，他大喊："你就是个忘恩负义的王八蛋，你毕业后亏了多少钱？做成一件事没有？你的同学哪个不是成家立业，找了正经工作，有希望，有奔头！你呢？天天躲在家里，人不人鬼不鬼，有什么资格说这说那？"

刘小勇冷静地放下碗筷，说："妈，你看，那个男人既然这么说，我没法待了，我走。"转身就出了门。

周先珍苦留不住，回来朝刘伟汉跳脚："你怎么把儿子气走了？"

刘伟汉说："他说的他妈是人话吗？都是你把他惯坏的！"

周先珍骂："我是不会教育，你自己教啊！平时哪去了？王八脖子一缩，有事儿就骂我，哪有这样的道理！我就不明白了，你对那个破外甥穷外甥那么好，对小勇就挑三挑四。你说！他是不是你和那个女人的野种！"

"放你妈的屁！"刘伟汉抡起凳子狠狠砸在地上，木屑四溅，"再胡说八道，我他妈撕了你的嘴。"

星镇原来有一条商贸街，后来顺应潮流，改成中心广场。供销社大楼改成小百货，四周密密麻麻是店铺和教辅机构，中间围着的小广场，跳广场舞的老年人和表演的小孩各占了一半。小孩穿着表演服，脸上抹得红彤彤，在努力地、整齐划一地做出一种矫揉造作的动作。盘旋在上空的，是一台嗡嗡作响的无人机。

刘伟汉买了一罐啤酒，坐在花坛边，愣愣地看着闪光的无人机，接连把几个烟屁股塞进空罐子里，视线往下一顺，果然看见王一鸣。王一鸣是小区街坊，最早在镇上玩无人机，机器总在黄昏里猫头鹰一样飞起。他看着觉得挺时髦，就厚着脸皮去拱话，听他讲无人机的事儿。听来听去，他心里暗惊，越发觉得他的命运和无人机一模一样。王一鸣说，无人机看起来潇洒，实际很不自由。它必须预留足够的回程电量和时间，否则就会从高空坠落，摔得稀巴烂。这和刘伟汉在水下要预留上浮的时间和精力一模一样：上浮太慢，来不及出水，死；上浮太快，则是一种慢死——血液里的气泡会慢慢增加，潜水病侵蚀全身。无人机报备很严格，这玩意儿不仅窥探隐私，而且非常危险。新闻曾报道一个无人机落进人群，锋利的桨片削掉一个孩童的半边脸。如果未经报备的无人机上天，管理部门会拿出一支信号屏蔽枪。只消轻轻一按，失去信号的无人机就像中箭的乌鸦一样急坠而下。对比于前辈风筝，摆脱有形的绳索没有让它获得自由——无形的绳索反而更加残酷。这一切犹如刘伟汉下潜时身上系着的两根管道，以及和助手间的第三条信任之索。刘伟汉觉得不管哪一条，都是岌岌可危的。

阿来发来微信，说对方在催，问他什么意见，他假装没看见。

是不是该适当地放过自己呢？刘伟汉想。天上的无人机嗡嗡地平稳降落，王一鸣把它装进背包。家长们领着孩子分头离开。王一鸣这么轻轻松松地操作一通就能赚不少钱吧，他想，而我的每一分钱都是刀口舔来的。人和人的命就是这么不同。

对表姐和阿来已经仁至义尽，再往下确实不是自己能承担得了的。活了这么大岁数，只为别人活：小时为父母，家里为妻儿，外头为表姐、阿来，结果谁也不领情。王雪梅倒是提醒了他一点。他在救表姐这个事情上纠结，无意忽略了自己内心深处对钱的欲望。这确实是一笔很大的钱。

我有能耐赚到这笔钱吗？我缺钱，我很需要钱。

孩子是最好的热闹。儿童表演完后，广场变得冷冷清清，四方街里黑沉沉的。他想起今天的种种遭遇，觉得件件都是不祥的暗示。他咬咬牙，留得青山在不怕没柴烧，和阿来说自己不干了，最多给他几千遣散费，有多大能耐吃多大碗饭。自己留着命安安稳稳过下半辈子吧。他脑中一边把要说的话捋一遍，一边点开通话记录。周先珍的电话却进来了。刘伟汉眉头一拧，想挂掉，手指悬停半天，还是接通。

周先珍声音慌慌张张："出事了！"

"什么事？"

"小勇出事了，他被骗了。"

"你慢慢说。"

"我们不是准备钱去交首付吗？他偷偷拿去捞偏门了，赔得精光，还倒欠了许多钱。现在人来催债了。"

"你跟他确认了没有？别是骗人的。"

"他电话关机了，伟汉，你赶紧回来。我们的钱呢！"

"慌慌张张干什么，老娘们儿一点用也没有！"

他狠狠地掐了电话，却头昏脑涨的，不知道把脚往哪儿迈。他打不了电话，只能发微信让阿来把活儿安排一下。

工程位于一片人迹罕至风光秀丽的山野里。这里曾经种过水稻，已经抛荒多年，一些房子东倒西歪地颓在野地里。一段高铁桥要途经这里，据说镇上有人参与工程。刘伟汉没告诉阿来他儿子欠了钱，也没告诉周先珍阿来母亲需要急救。太多的不能说撑着他消化不了。

一穿上潜水服，他就后悔了。

那黏湿冰冷贴遍全身的触感，把他的勇气一点点消耗完毕。他发现自己居然如此痛恨这项工作。曾几何时，他还把这身装备视为聚宝盆。带上面罩，谁也看不到他的表情，阿来麻利地帮他准备装置。坑洞比他之前见过所有的都大，发出不怀好意的反光。他感觉自己是一个被处刑的人，他想走，他想吐。

他不断在心里安慰自己，豁出去，最后下一次！确认一下尸体的位置，给个坐标。拿三万块钱走人。这事对我不难。三万块毕竟不是小数目，不能白来一趟。

　　他把手搁在钻孔的边缘，深呼吸，准备下潜。下半身泡在水里的凉意让他发颤。再往下，水只会越来越冷，就像地狱里的水那样刺骨。停止！停止想这些扰乱情绪的东西，稳住心神！他向阿来伸出一截大拇指，表示准备就绪，深吸一口气。身子下坠，他便完全没入一片黑暗之中。

　　死后的世界是什么样子？刘伟汉曾经设想过，但他觉得怎么也不会比工地的坑洞更糟糕。那里一片死寂，没有声音、没有光亮、没有响动，只有越来越密、越来越黏稠的泥把前胸后背、头顶脚底无处不至地包裹起来。让自己每动一下，都费尽力气。但越是泥泞，他越要往里钻，像是亲自掘坟墓一样滑稽。工地坑洞里的水不是水，是泥浆，泥浆才能保持重量，保证细长、中空的孔洞不会被挤压塌方，正因如此，越往下沉淀得越厉害。没人能预料坑洞在挖掘的过程中会掉入或者掘出什么乱七八糟的东西。在这里，所有的人都是瞎子，只能用十个指头去摸索、定位，辨认、描绘细节。

　　昨晚他没有睡好。他强迫自己入睡，精力对这项工作极端重要，是逃出生天的保证。回忆的装置自动打开，他却无法让它停止。纷至沓来、翻滚而上的记忆很有趣，像一个不断分解的大雪球，露出里面陈旧又新鲜的芯儿。他被回忆的盲动弄得受不了，快天亮的时候，他干脆坐起来，在书桌里找到一张纸，细心地把它折出暗痕，然后用笔在上面沙沙地写。写完之后，他感觉心里舒服多了。他把纸折好，放进抽屉。想了想，又打开，在最底下标注了当天的日期，他重新上床，一觉睡到了天亮。

下潜超过二十米之后，他的呼吸开始困难。四面八方的压迫，让他感觉沉重。他稳定心神，告诫自己再下潜十几米，摸到尸体的具体方位，至少今天就不白来。泥浆越来越稠密，他每动一下都要花比之前多得多的力气。他通过管道和阿来说好，一觉得不对劲，阿来就拉他上去。

他的脚终于触到底。底部有许多稀奇古怪的东西，他不知道包在泥浆里的它们是什么，但他要万分小心，如果潜水服被钩破，他将命丧当场。搜索并不顺利，他一点点在泥浆里摸索，总是摸到钢筋、石片，还有木块。眼看精力即将耗尽，他恼火地准备上浮，忽然，他的指尖触到一个冰凉的、软软的东西，像是人的指头。他心头一喜，把指头摸过来，握在手里。一瞬间，他的心沉了一下，那手倒像是活的，像一下把他的手攥在手里。黑暗的地底他汗毛倒竖，一动不动，仿佛对方什么时候会扑过来。

　　浮出水面的一刻，是他最爱的奖赏。管子的清水不断地流泻，将潜水服上的污泥冲得干干净净，是上帝救赎他的清泉。一反地底黑暗世界的潮湿沉闷，透过面罩，蓝天绿树显得分外明艳，极大地缓解了他的恐惧。他懊恼刚才没有再坚持一会儿，他决心待会儿再下去一趟。

　　"难！"他摇摇头，脱下上半截潜水服，点了一根烟，对工地负责人李弹头打着手势。他把下面摸到的情况简要地说了一下，李弹头他们连连点头。他知道说中了，话锋一转，说下面情况太复杂，自己能上来是命大。"你们把三万块钱给我，我不干了。"李弹头和刘伟汉反复拉锯，最后定下：这次下去，捞起尸首给十三万，捞不上来也给五万。

　　刘伟汉下去之后，阿来问李弹头："我师父可是舍了命下去，要是出事上不来了，你们赔多少钱？"李弹头说："先不说这些不吉利的。上得来，咱们肯定皆大欢喜。"然后悄悄压低声音，比出一个手掌："你也知道，业内定价都这样。但我丑话说在前，真出了这种事，你得把你师父绑紧了，如果人拉不上来，我们还要捞尸，你一分钱也没得。上一个就是这样。"

　　下水之后，刘伟汉所有的信心又都忽然消失。刺骨的水像黏稠的魔鬼，让他开始痛恨刚才所做的决定。人为财死，鸟为食亡，他迟早要死在自己的贪心上。刚才一气下得快，胸腹像闷进一个大葫芦，动起来隐隐作痛。他放慢下降速度徐徐下沉。多年练就的灵敏，让他不需要再重新摸索。他信手向黑暗中抓去，那里隐藏着一具尸体，但手触到之处，却空空如也。他心里猛然一惊，虽然尸体有流动的可能，但在这么黏稠的沉淀中，一个成年男子的尸体即使有挪动，也是极其微小的，何以无影无踪了呢？一种不祥的预感在他心中升起，他沿着孔壁，不断伸手探抓，一片又一片的黑暗虚无被他抓在手里，他心中的恐惧越来越强烈。忽然，他的手指触碰到一个软软的东西，下意识的恐惧让他用力一甩，居然把这个东西给拽断了。他屏住呼吸把这个东西重新抓回来，咬着牙从头到尾细细摸了一遍。手指传递来的信息渐渐在脑中成形：一只人的手臂。

阿来不是说这个水鬼是几天前死的吗？人在水里只会泡胀，哪会烂得这么快？难道这里还有别人？他不敢浪费时间和精力，只有冷静沉着才能控制住局面。通过仔细搜索，他得出结论：尸体只有一具，但不知道为什么已经高度腐败，断成了七八截儿。他得把这些尸块一一系好，让上面的人拉上去。带下来的这套钢索，是远远不够的。他想到一件事情，心里兴奋地狂跳起来。他向阿来传递讯息，把他拉上去。一连几遍都没人回应，他赶忙自己慢慢上浮。

出水之后，阿来满头大汗地跑过来，问他怎么样。刘伟汉使个眼色，让他不要多说，反问他刚才说把自己拉上去，怎么没人接？阿来把设备放在耳边敲了几下："刚才有声音吗？我怎么没听见。"刘伟汉猜大概设备出了一些故障，说："一会儿别管这个，我会在下面拉钢丝。均匀地拉三下，就是拉我上去的意思，快快地摇，你就停。就平时交代的速度，不能快也不能慢。"

刘伟汉和李弹头透露底细，现在状况很复杂，尸体碎成几块，自己至少要带十根铁丝下去，绑好了它们再拉上去，这已经不是一场普通的活了。"而且，"他压低声音，"一般情况下，尸体不会这么快腐烂。"说着，他意味深长地看了对方一眼，尽力装作老于世故的样子。"你们这里可能有些事情，不过是什么事我管不了。"他看对方没说话，继续往下说，"三十万吧，低于这个数我干不了。愿意给，我今天帮你收拾得干干净净，什么事情也不会发生，我们就像没来过一样。再说，谁知道我们过来……"

最末这句话一到唇边，他就觉得不对劲，冰凉凉刺人。他瞳孔猛地收缩，赶紧把话咽回去，还是缺乏经验，还是大意！刚才在黑暗里，他翻来覆去地想怎么抓住这点和对方议价。这事危险得如在刀刃上行走：这件事从头到尾都很怪，尸体的腐烂是他们撒谎，还是别有隐情？又或者，这个死去的人根本不是一个水鬼？他摸到尸体手上有不少伤口……无论如何，他只知道，工地上这些人赚钱很容易，因为他们善于用别人的血汗和性命赚钱，对待他们不能手软。

对方似乎没在意他神色的变化，李弹头面目凝重，正在仔细思考他的议价，说要打个电话再告诉他。

李弹头走出十五米远，忽然满头满脸都是汗，他哆哆嗦嗦地拨出一个号码。对方斩钉截铁的回答给了他信心，并且告知他详尽的计划。他抹了一把汗，挂掉电话，走回去。

李弹头说："你运气真好，老板答应了，但一定得做得清清楚楚。做不做得了？"刘伟汉说："没把握，我提也不会和你提。"

下潜到一半，刘伟汉感到全身袭来的酸痛感，像针扎一样。短时间两次下潜已经是高风险，他选择了第三次，身体不受控制地颤抖起来。他咬紧牙关，从第一块肌肉开始，默念一二三四五六七，逐渐控制住全身的肌肉。顶住，干完这活能抵上两年，我养个两年怎么也好了。我是贱命，贱命不怕磨。

黑暗中下降，他拼命回忆一些美好的东西来驱散恐惧。美好的东西？表姐已经被自己放弃了，他心里刺痛，不敢再想。和王雪梅一起喝酒聊天，是过去沉闷日子的一点光亮，但她却是个婊子。其他呢？剩下的可能是儿子出生那一天吧。自己兴奋不已，看着这个被血淋淋地掏出来，在水中洗过，很快粉嘟嘟干干净净的新生命，他生出了无限希望，但生活很快又急转直下。他也不知道儿子是什么时候变的，自己毫不熟悉，毫无把握，或者自己从来没有熟悉过他。他不是没日没夜地在江上跑船，就是出生入死地在坑洞里捞钻头，过着猪狗不如的日子，又哪里有美好可言呢。

不管怎么想，他的脚已经再次触到了底。他用尽全身力气蹲下身子，摸索着散落在泥浆的尸块。用铁丝一个个把它们绑牢，吊起。泥浆里最后只剩下一颗头颅，他怎么绑都屡屡滑开，头颅实在太圆了。他咬牙坚持，但身体已经软得没有一丝力气。这种水压下多待一分钟就多增加一分风险，短期内他更不可能再潜一次。他横下心，口里念着恕罪，恕罪，把铁丝用力往头颅的眼眶里斜刺进去，再从另一个眼眶里穿出来。他把铁丝拗在一块，紧紧拧成麻花。他在心里一千遍祈祷这个人不是水鬼：这就是我们这种人的命运吗？狗一样活着，狗一样死去，尸体也要被狗一样摆弄。自己是一个连蝼蚁也舍不得杀的人呢，怎么会变得如此残忍？都是为了钱，钱，钱。辛辣的眼泪流下来，他却没法去擦。巨大的悲哀击倒了他。他哭出声音，胸膛起伏让他全身疼得厉害。他赶紧迫住自己，现在任何一点身体的剧烈动作都会让他有性命之虞。他把头抵在孔壁上，让胸部慢慢平静下去。一秒钟也不能等，他马上让上面拉他上去。

上升了不到十米，他觉得有些不对，潜水服似乎被拉着，整体往下坠，把他的头皮绷得紧紧的，他赶忙叫上面停住。上面收到信息停住时，潜水服已经成了一张绷得紧紧的弓，稍微一动就会迸裂。他轻轻地动了动腿，确认是潜水服的一角被一个钢筋头勾住。他只要继续下潜，把勾住的部分松开就行。然而他已经筋疲力尽，不能再动一点点。紧绷的潜水服也在压迫自己，使呼吸困难。他仰起头，尽力呼吸着带有柴油味的廉价氧气，等待力气慢慢回来。但要多久呢？等到力气回来，他的身体也会因为长时间处在重压下报废。刘伟汉感到氧气慢慢稀薄、变弱。他调整呼吸，也无法抵御随之而来的窒息感，他不知道到底是上面出事了，还是自己的气力已经衰竭了。这就是命吧，是老天爷对我作恶的惩罚，是命……

李弹头他们把尸块陆续捞上来，装进编织袋里。阿来忍着作呕的冲动不去看，两眼死死盯着水面，在对讲机里嚷嚷："师父，你怎么样了，师父！"时间一分一秒过去，下面依然没有任何回应。李弹头让阿来赶紧把刘伟汉拉上来。阿来说："师父在下面停住，一定是有事儿，不能随便拉。"李弹头说："你是死脑筋吗？那么深的地方，待久了人是活不下去的，拉上来还有一线生机。"话是这么说，但他自己也不敢动手。就这么又僵持了五分钟，阿来知道希望越来越小了，哭着上前去转铁轮子，其他人也上来帮手。阿来边哭边说："师父，我对不起你，师父，我鬼迷心窍，我不该叫你来的。"

　　刘伟汉被拉上来的时候已经没了呼吸，身上的潜水服被扯开，乌青发黑的皮肉从里面绽出来。他大张着嘴，污水从眼角、嘴角和耳孔流下来。阿来抓着头发蹲在地上，呜呜地哭。众人一时沉默无言，现场一片死寂。发电机和氧气压缩机的噪音渐渐消失后，一种蜜蜂似的嗡嗡声变得格外清晰，在场人都屏住呼吸寻找声音的来源。

　　"李头，有无人机！"小工往上一指，大叫。李弹头往空中看了一眼，变了脸色。无人机似乎还想拍得清楚些，正在缓缓下降。"一定是那帮孙子派来的，"李弹头大喊，"都抄家伙，把这王八蛋打下来！不能让它拍走了。"众人纷纷就地取材，拿起石块、钢管、油漆罐子朝无人机暴雨般扔去。无人机想要迅速升空，但躲闪不及，被一根钢管擦中，直坠而下，掉在乱石堆上砸得粉碎。飞溅的碎片掉在一旁刘伟汉的尸首上。阿来见此场景，惊慌地大喊一声，拔腿就跑，跌跌撞撞地去找自己的车。李弹头和几个手下在后面大呼小叫，穷追不舍。

整理刘伟汉的遗物时，刘小勇发现了抽屉里有一张纸被小心地折了好几折。他打开，发现上面是密密麻麻的小字，一如沉默矮小的刘伟汉。文字下面还有一个落款时间，是刘伟汉出事那天，文字内容是这样的：

豆叶迎风招展，越过那条青色田埂，小河渠在望。我快走几步到表哥前面，率先跑向小河渠。

表姐早已把裤管扎到大腿根部，手里拿着竹笊篱和水桶，蹚进水里，搅起一股油油腥腥的气味，刺激我的鼻孔。她把笊篱深深地插进淤泥里，一阵气泡过后，笊篱底，十几条泥鳅在她掌心握着，七头八尾地露出指缝，随即被丢到水桶里去。我想到晚饭有辣辣的烧泥鳅配白饭，不禁喜出望外，和几个小孩一起拍手叫好。

倚在表哥身上，双脚随流飘荡，我提议表哥把我送到深一点的地方去，我想在那扑腾一会儿。他拽着我到了深水区，我不禁手舞足蹈，一脚踢在他腰际，他疼得弯腰，我顿失平衡，倒在水里。

乱了，一切都乱了，我先是感觉世界被切割成两部分，一部分清晰，另一部分要透过水波才能看见，接下来这两部分开始颠倒旋转。刚淹进水时，我想保持呼吸匀称，但呛进来的一口水让我方寸大乱，我想通过蹬河底来弹出水面，一脚踢去却空空荡荡，这一瞬间我就被击溃了，放弃抵抗没了章法，手脚胡乱扑腾。泥鳅、耕牛、水虫、凉鞋、云朵这些东西组成的画面在我脑中旋转，越转越快，水不断地呛进我的口鼻……

他们在我身边取乐，小半桶泥鳅安静地放在一边。表哥嘻嘻笑："看到没有，刚才他像青蛙一样在水里乱蹬。""是呀，其实水不深，他站起来够得到底的，他站不直。"表姐扳过我的脸，看我嘴里有没有进了脏东西。我嘴巴一张，忍不住呕吐了起来。表姐抚着我的背，我的眼泪簌簌地往下流。

我们往回走，我感觉嗓子眼里不断散出河水油油腥腥的气味，我想再吐，却吐不出来，步伐摇动中只有温热的水从耳孔中流下来，让我全身毛孔放缩，仿佛自己在融化。

舅舅听闻我的遭遇，笑着在我头上扣了一条干毛巾，我边擦着头发，边走进火光微微的厨房，昏黄的灯光下，舅妈在掌勺。河中捞起的泥鳅在粗碗里游荡，铁锅烧得干干的，白烟往上冒。

　　油在锅里熬得爆出声响之后，舅妈捞出泥鳅倾向锅里。"嗞"的一声，白烟里，最上层的泥鳅努力跃起，下层的泥鳅眼珠已经由黑转白，瘫倒在锅里，身体随着沸腾的汤汁摆动。

　　我不由得嘴里发苦，胃里恶心，又涌起那股油腥味。

　　"你看，今天的泥鳅真新鲜，蹦得这么高。"舅妈一边笑着扭头看我，一边拿锅盖把蹦跳的泥鳅压下去，"可不能让你们跑了。"清脆的噼啪声转为闷响，还有一二轻击在锅盖上传来，犹如鼓声。

　　我不想去看，但舅妈掀开锅盖时我还是往里瞧了一眼，泥鳅在锅里被煮得横七竖八，露出白烂的肚皮。

　　晚饭时我们头挨头坐在一起，身上都带着清凉的水气。表姐浑身洁净，显得动人，但抢起饭菜来她又似乎变成了男孩子。为了不引起特别的注意，我早早地夹了一只泥鳅到饭碗里，但直到晚饭结束，我也没有动过它。

　　刘小勇读完，说："妈，这里有一份东西。他出事那天写的。"

　　周先珍埋头整理东西，问："写的什么，提到房子和钱的事情没有？"

"没有，就是写他小时候被水淹的事。"

"没了？"

"没了。哦，还有抓泥鳅。"

周先珍站起来抬头看了看窗户，像在想什么，良久说："他就是这样，年轻时候就爱写点乱七八糟的东西，正经的事情倒不会。他以前呀……算了，算了，一会儿烧给他。"

王一鸣的无人机摔坏之后，用赔偿换了一个新款无人机，续航和配置都比之前增加一倍。无人机在他的房间里足足待了半个月，像断了腿的猫头鹰。经历过追逐，经历过从屏幕接收的那些骇人的画面，他对操纵这机器仍然心有余悸。

但猫头鹰总要黄昏起飞，这个傍晚，他终于把无人机从窗口放了出去。

全新的无人机传回的图像极为清晰稳定，整个星镇在它的巡视之下，袒露自己的面貌。

和镇区遥遥相对的，是青山里一段色如白骨的高铁桥基，它刚刚建起就被废弃。高铁桥工地上一个叫刘伟汉男子的死无意暴露出一个可怕的事实：原计划的高铁桥地基下是一个巨大的废旧化学品填埋场。其中的化学品残留将轻松地腐蚀钢筋和水泥。这么大规模的违规填埋场是何时形成的，星镇的人闻所未闻。这一悬案也成为上级环保部门重点督查的案件。刘伟汉的死之所以能暴露到公众视野中，有赖于王一鸣那台被砸坏的无人机坠落前同步传回的数据。

镇区的边缘是以前的采购站，现在改成汽修店。大杂院里，只有阿来还穿着油腻腻的背心在捣鼓轮胎。他妈妈的手术花了很多钱，还是没有成功。他来到这里学修车，在冰冷的汽油味里努力工作，偿还背在身上的债务。

菜市场的鱼贩子收摊了，被倾泻在地的一大盆污水闪着橘黄的亮光，曲曲折折地流入了小巷，那里有一大片旧房子。其中有个小院，王一鸣无比熟悉，那是他常去的地方。就是在这里，王雪梅告诉他，镇旁边有个在建的高铁桥，那里有万顷苇荡的美景，他一定能拍到好作品。他至今没弄明白，王雪梅为什么要骗他。他已经搞不清这个秘密了，就像大家都搞不清王雪梅去了哪里。这个热热闹闹的小院现在大门紧闭，连猫也不到这儿来。王一鸣不知道的是，李弹头也曾是王雪梅的客。李弹头那天喝高了，把她叫到工棚里，像日牲口一样日了她，一边气喘吁吁地说了工地上的秘密。

穿过菜市场鸭肠一样的小巷，是星镇的汽车站，是热闹的中心。一大群手上提着条幅的中老年妇女正没精打采地被公交车吐出来。半年前，一家房地产公司在县里开发了一个新楼盘，镇上不少人都买了那里的房子。高铁桥的化学填埋场事发之后，背后控股公司跑路，公司资产被冻结，其中一项就是这个新楼盘。楼盘彻底成了烂尾楼，镇上居民攒了一辈子，甚至用家人性命换来的钱打了水漂。他们每天乘车到县里去抗议上访，接着无功而返。无人机嗡嗡地下降，它将在这里盘旋然后离去。下降的镜头掠过一个走在队伍后面步履蹒跚的老妇人，她是周先珍。站在旁边搀扶她，步伐有力、面容坚定的，是刘小勇。

在一切开始之前

有些像幻觉。最近每当四周安静下来，叶赛弥总觉得电话铃声——这随机制造疼痛的锥子——会响起来。此刻是这样，几天后在江边和徐松在一起时还是这样。彼时她惧怕铃声突起中断叙述，好在一切如愿；此刻她不希望有电话打扰，但铃声却响了起来。她准备挂掉，发现是韩主任。她接了起来。

韩主任的声音一传过来，她有点想哭，忙抿住嘴怕露破绽。韩主任有些兴奋地说之前筹划的青年文学研讨会将在杉城召开。韩主任不知道叶赛弥近期种种隐情，但也能细微感受到她情绪的低落。年轻的韩主任是一家大报的中层，也是一位颇有影响力的评论家，据说政界高层也对他青眼相加。他时常到各大高校讲座交流，发掘年轻作家，叶赛弥是诗人介绍给他的。韩主任对她的小说颇赞赏，说其直击人心，有几分林芙美子的笔调。韩主任从未提起，她也不去问他是否想过，那些看似颇放浪不经的小说情节，甚多都是她真实生活的纸上印刻。

韩主任嘱咐她一定抽空参加，见面再说，就挂了电话，话筒背景音是一片笑嚷。她庆幸自己不用说一句话，抬起头，视线沉到黑压压的地铁车厢里，钢铁冷漠而毫无来途去路地奔驰。

近来的生活看起来确实一团糟。从诗人家里搬出之后，她觉得自己是揉成一团的垃圾。前几天宋如敏再到她所在的城市，本以为是一个好的开始，却爆发了始料未及的冲突，她在母亲的泪水中匆匆趿着拖鞋，提着行李箱离开。毕业论文未完、考研失利、就业无门这些"小问题"，她更无暇顾及了。韩主任的电话打开一条明丽的小径，让她从目前的生活中悬浮起来。或者，最低限度解决了一个现实问题，到哪里去。至少，她喜欢翠绿的南方山野远胜于灰暗的城市天际线。她在意识中将地铁掉转方向，她的大脑和身体坐上了同一条航线。

此后的二十四个小时，除了会议信息外，她没有收到一条微信、一通电话。

杉城地处偏僻，叶赛弥经历了四种交通工具：地铁、高铁、公交、班车。要是将水上交通工具补齐就完美了，杉城的湿地公园里她曾想这样做，但未能如愿。

杉城曾以金矿闻名，引发史书不彰的一小股淘金热，废坑遍布。热度褪去后，废弃的矿坑很快被浓郁茂盛、仿佛地球诞生以来就已存在的植物所覆盖。是否一个东西对众人无用了，它自然就变美了？叶赛弥望着窗外笔直的杉树群，想。除了胡思乱想，她无事可做。道路坑坑洼洼，老旧客车噪音震耳欲聋，这个剧烈咳嗽的肺病者，随时有把他们这些内脏咳出之虞。临此嘈杂，手上的三岛由纪夫、耳机里的平克·弗洛伊德全没作用。在机械零件的真摇滚面前，英伦几乎也沦为伪摇。神态、穿着各异的乘客紧紧把她围在中间，监督她去想，去回忆，不亚于种植园主将黑奴驱赶到一片无尽的棉花地。

她已不怨恨宋如敏了。这是一个契机，一个让自己开始远离她，远离她赏赐的黄金绳索的契机。如果说叶赛弥曾对茫茫的未来还有一点底气，这底气多来自母亲提供的优渥生活。切断它，更真实地面对自己，也就无所谓怨恨了。她只觉得悲哀和恐惧，悲哀宋如敏身为女人的弱点，恐惧自己是否也继承了它，叶赛弥曾感到那种痛苦。

那是个大风天，她在机场等候宋如敏和她的情人降落。宋如敏让自己叫他王叔叔，她觉得虚情假意，按社会惯例叫他王总，宋如敏看了她一眼，没反对。半个月前，宋如敏应学校之召来处理那件棘手的事，她表现得比叶赛弥预料中更加沉稳和宽容，但过程绝不能称愉快，母女二人匆匆话别。这次落地，宋如敏仿佛已将往事抛在脑后，容光焕发，头发新染深红，名牌墨镜和干练短发显示她是一个身经百战的女强人。叶赛弥也略感振奋，挎着她的手臂，母女俩亲密地走着，王总在一旁推行李。

早年离婚，宋如敏又忙事业又带孩子。叶赛弥自小长得高，白得像瓷器，坐在桌边像个洋娃娃。初中起她常参加母亲酒局，见惯她和各种强人推杯换盏，夜里也少不得为吐出胆汁的母亲递毛巾揉背。宋如敏不止一次对她诉说女人尤其是单身女人在世道生存的艰难，她不想听，却找不到耳朵的关闭键。寄宿的高中生活拯救了叶赛弥，她可以远离母亲的话语，虽然她佩服母亲将事业越做越大。她心不安理不得地享受母亲提供的优渥生活，保持着距离，高中到大学，母亲逐渐变成宋如敏又变成一个账户名。

午餐时叶赛弥才注意王总的长相，普通的脸透着些许世故，配上略发福的身材，令她大失所望。印象中父亲儒雅帅气，会乐器懂俄语，研究俄国文学。父母因理念不合离婚，宋如敏认为改善生活是最值得研究的人间正道，父亲却不思进取，只知养花读书。离婚没几年父亲就北上俄罗斯，断了联系，街坊都传说他娶了肩宽屁股大的俄罗斯婆娘，贩卖中国服装发了财。叶赛弥读着父亲留下的俄罗斯诗歌，却看见茫茫夜雪中，父亲在普希金墓前吹着单簧管。宋如敏曾有这样一位丈夫，自身也见多识广，怎么会迷恋这样一个男人？

班车经过一大片水田，烈日把水气蒸腾起来。农民在给晚稻插秧，有几个直起腰来朝这看，叶赛弥举起相机，又放下。

很快，叶赛弥了解了什么是人不可貌相。他们住进生意伙伴安排的山顶温泉别墅，叶赛弥喜欢每天睡到下午，到泳池先游十个来回，再静静地看山下的人在草地上散步、打网球。餐厅把下午茶送到泳池，暑气退去后，她在沙滩椅自在地看几个钟头的书，有时也应宋如敏要求，参加他们正儿八经的宴请。在此过程中，王总表现得妙极了，他说话幽默，分寸感强，总是轻易成为谈话的组织者，不让谁讲个没完，也不让谁受冷落。叶赛弥不爱说话，也受感染分享了学校生活。王总见多识广，对红酒和古玩、字画的评鉴很内行，但都点到为止，不长篇大论，节奏感好极了。他仿佛知道你需要什么，需要多少。叶赛弥甚至觉得他懂文学，但她不接话。除了诗人和韩主任，她心里没有其他人值得论文学。这不妨碍叶赛弥不止一次被他逗得咯咯笑，她开始更多参加晚餐，她不确定是否期待和王总一块吃饭、喝茶，但不可否认，叶赛弥觉察到了他的魅力。

不知为何，这几日午后王总也到泳池来。他来得迟些，叶赛弥已上岸，两人不说话，王总游泳，叶赛弥看书。一个下午，叶赛弥游完泳在沙滩椅休息，王总还没来，面对诗人的作品，她迟迟未进入，却忽然明白一个道理。她并非期待谁，而是王总能把她的注意力从诗人转移到现实中来，让她暂时忘却烦恼罢了。正想着，王总披着浴袍从后面出现，蹲下，温热的手捏住她的脚踝，不请自来地为她涂抹防晒霜。他告诉她这从盛行天体浴的希腊进口，年轻人往往仗年轻忽略防护。他的手很有分寸地在浴袍边缘停住，叶赛弥把浴袍拉开，他赞美了一声她的腿，继续往上涂抹。他的手法很专业，没有多余的试探动作，腿部肌肉在温暖的手掌里驯服，她被揉得身上发热。王总一停下，她就告诉对方，自己一会儿还要游泳，另一边不涂了。王总点点头，留下防晒霜，跃入泳池。他的姿势很标准。山下网球场传来一声女人奋力击球的呐喊。

晚上浴后，叶赛弥久久裸立镜前，凝视双腿。隔天晚餐，她放下丸子头，戴上隐形眼镜，涂上些许口红和眼影。此行没有携带长裙，她便换上热裤和吊带衫，在众人低低的惊呼下步入餐厅。宋如敏看了她一眼，眼神在餐桌众人脸上逡巡。叶赛弥知道大家都在看她，满不在乎向服务生要了威士忌，她能感觉宴会厅的气氛被她点燃了，男士们变得异常活跃，但她谁也不看。在母亲暗示下，她提前离场。离场前她在洗手间门口偶遇王总，他夸赞了她的穿着，温和地邀请她明天下午到他房间，他有一样东西想送给她。

　　叶赛弥自然没赴约。第二天下午，她继续在泳池读书，傍晚王总来游泳，两人什么话也没说。山顶有一片树林，叶赛弥晚上偶尔会去那散步，她发现一座瞭望塔，机敏地察觉锁是虚上的，她从里面闩上门，在满地碎玻璃里螺旋而上，漆黑的天台上可以俯瞰人间车流和灯火。她满足地久久看着，仿佛这极速流光能冲淡她的忧郁。该去哪儿？她已看清这里人的无聊，诗人和她最后的联系定格在半个月前，怪不得谁，是她主动提出离开。忽然有个声音由远及近从塔下经过，在夜里像踩碎积雪一样鲜明。王总用夸耀的口吻对电话那头说，他正把一对母女迷得神魂颠倒，驯得服帖。他特别赞美了她的腿，说这样的腿扛在肩上乃是人生乐事，不应独赏。叶赛弥并不感到意外，只担忧王总会折返，她不想遇见他。等了半小时，四周越来越安静，她才从塔上下来回到房间。

　　令人意外的是，母亲在房间等她。

　　"你去哪了？为什么不带电话？"宋如敏指着手表。

"你为什么不打招呼到我房间里?"叶赛弥拿起手机,上面一排鲜红的未接来电,恶劣的心情愈发放大。

"你和谁在一起?"

叶赛弥猜测她的意指,感到恶心。她仔细端详宋如敏,看到昂贵化妆品渍为几片色块,嘴角眼角的细纹在颓败地颤动,忽然笑了:"我一个人,有话直说,没事我睡觉了。"

母亲努力在她脸上寻找蛛丝马迹验证真伪,她也云淡风轻地将对方脸上滑稽的变化尽收眼底。

母亲忽然叹了一口气:"真不该带你来。"

她知道这是实话,觉得未免有点可笑。还没答话,宋如敏又说:"马上毕业了,打算想好了吗?你不小了,不能只是玩。"

这不是她的真实想法,宋如敏对按部就班的升学工作不在意,她只崇尚实力、只相信钱。叶赛弥对她的兜圈子感到不耐烦,直截了当地说:"你怕我和王总上床是吗?"

宋如敏像被冷水激了一下,讪讪地说:"不要这样说话⋯⋯"

叶赛弥冷笑一声,但看见母亲眼神的惊恐,语言还是和软了些:"该怎么说?桌上那些男人,谁不想和我睡觉?是你把我带到这来的。"

宋如敏默然不语。

叶赛弥说："你放心，无事发生，你回去吧。"

宋如敏语无伦次地说："他，他对我很重要，我不想有糟糕的事发生，你还年轻……"

她的话语和方才王总的夸耀搅和在一起，让叶赛弥失去最后一点对情绪的掌控："宋如敏你真的够了，你以为我是什么人，你怎么能这样作践自己的女儿？"

宋如敏眼睛睁得大大的，浑身在颤抖："我没有那样想你，我只是不想你再做错事。"

叶赛弥大声说："做错事的是谁？谁一直带着女儿和一帮老男人周旋，我感觉就像你利用的一个……"她顿住。"做不了生意就别做，别说为了我，我什么也不要。靠这些下流男人赚钱，恶心，下贱！"

宋如敏的眼圈红了，说："是这样吗？那你为什么要做那样的事？和另一个女人一起……"她不知道该用什么词来形容，她能想到的任何词都太锋利太直接，她毕竟没有研究过文学："和那个诗人三个人……他就是什么上流人吗？他的年纪可以做你的父亲。"

她心里根本没忘了这件事，她明明说她不在乎的。

"闭嘴！你还有那个姓王的，你们没资格提他！"叶赛弥打开衣柜取出箱子，"我现在就走。"她知道最近经济不好，王总实力雄厚，是宋如敏必须要维护的生意伙伴。但母亲如果是出自不安全感，要和女儿反目，那就太可怕了。她无法判断哪一种漩涡正在形成，更无力劝导船的航向。

母亲来抢箱子，被她推倒，在地上绝望地呼喊。

棋牌中心停满等待主人的豪车。叶赛弥径直走向一辆奔驰，在司机疑惑的目光里打开驾驶座，抱住他的头，嘴唇在脸颊上碰了一下，尔后钻进后座，说："开车。"

追出来的母亲在泪水里和灯火一同晕成光斑，四周安静下来，柏林之声在静谧旋转，世界已简化为一个动作：到恰当的地方，把车门打开。

班车这头病兽嘶吼着将掉漆的车门折叠起来，叶赛弥下了车，湿润的空气带着虫鸣涌过来，杉城到了。

酒店旧了，令她不快，毕竟是县城，大厅一次无聊的搭讪更让她心情烦闷。她抱定主意，在此地不说一句话，内心敲钟度过七天。但打开房门，叶赛弥怀疑自己走错地方。屋里放着健身乐曲，一个小个子女生身着运动装备，在瑜伽垫上将身子打开又折叠。叶赛弥不得已第一时间破了戒，问对方这里是否是研讨会的客房？对方没有停下动作，告诉她正是，伴随关节的咔咔声，她介绍自己叫梁珊，请多关照。叶赛弥放好东西，在梁珊旁若无人的锻炼下手足无措。梁珊却大大咧咧地叫她帮忙做反向卷腹，自己动作还欠标准。叶赛弥照做，两人在运动间歇有一搭没一搭地聊了起来。

叶赛弥从未想到能和陌生人在半小时内成为好朋友。晚上她们一块吃饭，一块逛街。梁珊写散文和非虚构，作品基于自身的游历。她最大的计划是——攀登珠穆朗玛峰。这是地球上最难完成的事情之一，她在为其分秒必争地做坚实准备。刚才一套锻炼包括深蹲、后高抬腿、哑铃桥、钻石俯卧撑等等二十几种，叶赛弥听来就像帕特农神庙一样辽远。每组二十下，每次一小时，每日三次。此外，她还要兼职赚钱攒旅费、学尼泊尔语、循序渐进地进行五千米至七千米海拔高山的攀登训练——今年是哈巴雪山。"总之就是这样，"梁珊把手捏成拳头，上下挥动，"我还喜欢写东西、画画，未来四五年的时间被我安排得针也插不进来。我觉得我一定会成功，你说呢？"不等叶赛弥回答，她就自己点了点头。

叶赛弥问她有没有男朋友，她正吃章鱼小丸子，腮帮子鼓得老高："要那玩意儿干吗，我没时间。再说了，什么事是男生能做我做不了的？"黝黑的皮肤包裹着她低体脂率的小小躯体和发亮眼神，的确，你不会想去给一块生铁配上多余的什么。

　　回到酒店，她们还谈了好一会儿，但一到十点，梁珊说要睡觉，只消几分钟就发出匀称的呼吸声。叶赛弥在黑暗里听着窗外的树叶被风吹得呼呼响，像树根一样清醒着。梁珊这块没头没脑的奇怪石头掉进了她的生活，让她感觉又好笑又幸福。她借此认清对未来的茫然，有位诗人曾说"时间开始了"，在新的人生阶段前，她希望也有梁珊般周密的计划，但她没有。走后，母亲两天没和她联系，些许失落。她曾天真许诺诗人帮他买间房子，让他摆脱困顿，专心致志完成诗剧，她想早日目睹自己在其中的角色。承诺随着前景黯淡迅速褪色。她头一回感觉荒谬，往常她瞧不上为实习奔忙的那些同学，如今她自傲的资本正迅速坍塌，文学挽救不了危局。

　　第二天她继续和梁珊参会、听课、逛街、闲谈。韩主任也来了，看见她神态正常大为放心，顺便称赞了梁珊的计划。叶赛弥知道他忙于活动，加之倾诉的洪流已泄掉大半，也不多聊。她已想好，会议结束即返校准备毕业论文，毕业后暂不升学，努力找工作，随便什么工作都可以，她想结结实实沉到生活里。

　　显然，一切向好，如水缓流，直到她遇见徐松。

　　那是第三天中午。自助餐厅很挤，她和梁珊只能与人拼一张大桌子。很快她桌上的一个人吸引了她，一个男人模仿各种方言，幽默辛辣地点评时事，议论人物。叶赛弥忍不住笑起来。那人朝她看过来，微笑了一下。她注意到他身量不高，长得倒干净，梁珊说他叫徐松。她想起来，这不是第一次见面，会议报到时，她遇见过他。他翻着名单，一字字念："叶——赛——弥——同学，你信基督吗？"叶赛弥面向他，口罩下没有表情。徐松继续问："你家人信基督吗？"她才确定是问自己，挑了挑眉毛。徐松说《圣经》里有位先知叫"塞缪尔"，音和"赛弥"简直一样，寓意是"神听到了你的话"。"诗人顾城，"他把会议资料递给她，"给儿子起名桑木耳，也是同理，如果只是机缘巧合，那真是个好名字。"叶赛弥一言不发，接过资料快步离开。

　　一会儿，其他人组团唱 K，桌上就剩下他们仨。他们已攀谈起来，徐松介绍自己是中学老师，叶赛弥对他更感好奇。她希望之前戴口罩，徐松认不出自己，好在他脸上看不出异样。一群咋咋呼呼的旅行团坐了下来，徐松做了一个装腔作势的鬼脸，建议换到一旁小桌上，大家笑着同意了。

　　梁珊要锻炼很快离开，他们则聊到餐厅打烊。叶赛弥很久没这么畅快地说话了，和梁珊的交谈是浅而透明的水池，与徐松的则是能鼓动大浪的深水。叶赛弥谈及的一切书籍、电影、音乐，他几乎无所不知，并包容地给予赞赏，他并不觉得一个二十多岁的少女看这些充满性与独特思想的作品有任何问题，这和他教育工作者的身份形成巨大反差。叶赛弥滔滔不绝地说，徐松冷静地少量插话，每每命中要害，让叶赛弥心生快乐。她开始打量徐松，样式休闲的白衬衣袖子挽到胳膊以上，头发浓密，眉毛纤细，脸上干干净净，像刚在这世上没待满一天。她假装不经意地问：

"你看过诗人的作品吗？"她说出那个名字，心怦怦跳。

"听说过，但没读过。"

"你读一读吧，会喜欢的，我读过他所有作品。"

"我会的。"

打烊的餐厅没让他们的热情稍许减退，两人在酒店周围散步，继续着分享。叶赛弥已不在乎说什么，她只沉浸说的快乐。酒店旁有一大片水田，不知为何，本该眠在树上的水鸟没有休息，依然在深夜的水域踱步，像一团团火焰。

回程的酒店长廊上，徐松忽然立住。叶赛弥猜测他想做什么，嘴唇变得湿漉漉，她发现自己比他还高些，他转过脸时自己能清楚看见他后脑勺的两个漩涡安静地伏在头发中间。徐松有些踌躇地问："明天我要主题发言，还有地方要改，客房没电脑，你笔记本方便借我用吗？"

叶赛弥匆匆把笔记本交给他时才记起，电脑里有她和诗人的性爱视频，虽然诗人力不从心，有爱无性，但一次次精心的亲吻和抚摸也让她快乐。他们利用光线、阴影和人体反复搭建奇观，制造自己的新浪潮。徐松看出端倪，说："如果不方便……""不，"叶赛弥摇摇头，些许顾虑已变为兴奋，她画蛇添足地说，"如果你看到奇怪的东西，不要介意，其实我们这个年纪的女孩子也喜欢看……"徐松听了微微一笑，朝她摆摆手，上了电梯。

她难以入睡，回忆被一帧一帧抽取出来。在诗人家的那段日子，燥热夏夜的旧宿舍，老空调制冷效果糟糕，诗人在身后抱着她，她咬牙忍受炎热，因为屋里的第三个人，自尊命令她裹紧汗透的睡衣。半醒的诗人手指在她身上隐秘处演奏出深浅不一的呻吟。岁月折损了诗人，唯独放过他握笔的手指。她无法分清体内流出和汗腺分泌的液体，就像她区别不开情欲和烦躁。但高悬其上的是恐惧，她恐惧一旁小床上的玲姐是否已在睡梦中死去。在这至为尴尬的时刻，玲姐却一声不响，连轻微的呼吸声也没有。她害怕一觉醒来竟和尸体睡了一夜，这种感觉让她发疯。

她想象徐松此刻在做什么，看到自己的身体没有，他能通过躯体读出自己吗，甚至猜出她的自慰姿势？或者，徐松会把她做性幻想的材料吗，度过一个热烈的夜晚。想象让她安全，消解她体内的潮水。她掀起被子，除去衣物，轻手轻脚地起床，走到梁珊身边，她睡得很安静。她轻轻躺进被子，在身后环抱住她。她闭着眼睛，凭着回忆和想象，让手指在梁珊身上游荡。不知过了多久，梁珊翻过身，月光照在她抖动的眼皮上，她身上烫得厉害。她们靠近，鼻子碰在一起，然后是嘴唇。睡神来了，叶赛弥像一块天鹅绒落在黑色的地毯上。

她无法判断徐松是否发现她的秘密，归还电脑时他一切如常，还附送她一个小瓷件表感谢，她很喜欢，包括他淡然的态度。研讨会上他的观点很尖锐，手势却异常优雅，像身手娴熟的骑士。她默默地注视着他，不仅欣赏他的观点，更因这些文字在她电脑中组合而成，有一种同壕战友的亲密感。徐松自律地删除了在电脑上留下的痕迹，她却能感受到他的气息，她将双手放在键盘上。

徐松的发言引起不小的争论。一位老作家将徐松的言论斥为书斋里不谙世事的奇谈怪论，不接地气的自言自语，徐松自如淡然地进行反驳。叶赛弥忽然站起来，表示徐松真正讲出了年轻读者的心声，你们这样自命权威才自以为是。会场顿时喧哗四起，有人悄悄吹起了口哨，韩主任拿笔敲敲桌子，戴上眼镜，提前做了总结。

他们很默契地坐在角落用午餐，两人没说什么话，叶赛弥觉得关系反比昨天更亲密了。

徐松说："其实你刚才不必这样的。"

叶赛弥说："我喜欢这样，你喜欢吗？"

徐松笑起来："喜欢的。"

湿地公园中午无甚人烟，徐松和叶赛弥一前一后走到这里，风吹得衬衣作响，头发飘扬。他们在湖边看见一群放风筝的残疾人，有的坐轮椅，有的没有手，有的头极大眼极小，只有小孩一般高，他们都兴高采烈地望着一个轮椅大叔的风筝。风筝飞得那样高，磨盘大的绞盘只剩下一丝绷紧的提线。

沿湖散步，叶赛弥看见一艘牛津船，兴奋地跑过去，但它漏水了，寂寞地和铁丝样的水草依偎在一起，桨浸在水里的部分长着水苔。

徐松说："想划船？"

"很想。"

徐松说："一定还有，我到前面去找找。"叶赛弥刚要跟上，电话响了，是诗人，四下的风刹那静止了。

她把电话紧紧捏在手里，背朝徐松，面向湖水。

"赛弥，你好吗？"

"好。"

"我想办法帮你申请了一个留学名额，去日本读文学硕士，可以吗？"

"谢谢你，我考虑一下。"

"我想你。"

她的眼睛一下湿润了。

"谢谢你想我。"

"你带着它吗？穿上它吧，就像我在。"

她没有给出答复，问他：

"还记得赛弥的含义吗？"

"当然。"

"神能听见我的话吗？"

"可以。"

"但桑木耳被抛弃了，他是没有父母、没有故乡的孤儿！"

"对不起，我会解释清楚，但我不能和她离婚。"

"不用了。"

放下电话，她全身颤抖，跌跌撞撞往前走，徐松还在前面四处张望。她想他随时会回转身来，但一直没有。她觉得力气快用光了，大声地喊出来："徐松！"她察觉这是第一次呼唤他的名字，像某种誓约。他显然也察觉到这一点，转头朝她走来。徐松走近时，她的勇气忽然流沙一样坠入瓶底，她转身快步走向湖水，瘫坐在湖边的石栏上。风沿着细密的水波低低吹来，她抱着双膝，幻想着谁的双手搭在肩上。徐松在她身后几步远的地方立住，拍下一张又一张照片。

没有比这更难熬的几个小时。离开湿地公园，他们各自回去。下午连着傍晚，窗外又落入彻头彻尾的黑夜，没有徐松的任何消息。她觉得等待中的自己是轻贱的，病人样躺在床上，没有一点胃口。梁珊边锻炼边嘟囔，你们女生真是麻烦。半睡半醒间，韩主任来电话说在外夜宵，是否一起坐会儿。面对聊胜于无的安慰，她思虑再三还是简单打扮一下出门，当她按图索骥到达灯光闪烁的大排档时，发现徐松也坐在那儿。

她朝徐松点点头，靠着他坐下。她一杯接一杯地喝酒，桌上除了韩主任，无人知道她真正的酒量，都稍显愕然，旋即夸赞她的海量，不愧为北方女子。韩主任在众人吹捧中早已半醉，笑着肯定年轻人的冲劲。徐松一直在和韩主任交谈，偶尔默默看她。叶赛弥醉心在酒精的好处里，这些无色清冽的液体，能轻易驯服她克制不住的敏感和忧虑。她的沟壑岩礁都被削平，变成一张熨平的纸，轻飘飘，一眼到底。她低头看见徐松的右手垂在身侧，像一个无家可归者。她多想握住它放在自己胸前。她多想……

她进入了一个旋转的隧道，四面八方的噪音和手臂从周边破壁而出，赛弥……赛弥……父亲的单簧管响起来，俄罗斯民歌《黑眼睛》。悠扬乐声中，她驾驶着降速滑板，疯狂行进。她被人从这里抬到那里，梁珊不高兴地说，你们怎么让一个女孩子喝得这样醉。要不要去医院？一个男声问，叶赛弥用残存的理智摆了摆手，顶灯太亮她睁不开眼。梁珊帮她掖好被子，进卫生间拧毛巾，水滴在盆底声闷如鼓。她垂在被单外的手忽然被握住，一只温暖柔软的手紧紧包裹着她，她的空虚被填满，忍不住呻吟起来。她极力想睁开眼睛确认心中所想，但她睁不开。

久居单调封闭的校园生活，中学教师徐松把每次出门游历都当作冒险，甚至到三条街外的政府交材料也是一次旅行。意外得批准参加长达一周的文学活动，对他来说不亚于环球游览。校长眯着眼看了年假事由，闷闷地问，写小说和高考有什么关系？当即驳回。他两眼发黑走出行政楼，如实以告发出邀约的韩主任。第二天校长却召见他，亲切地问起创作情况，说学校组建文学社，急需他这类人才，活动不仅要参加，还作为学习经验的公差。末了不经意问起徐松和廖副县长是什么关系。徐松的耳朵耸立起来，廖副县长分管科教文卫，徐松妻子在县医院竞岗，正愁攀不上领导，天天催他活动。很快他知道，廖副县长是韩主任省委党校的同学。

明亮宽敞的高铁车厢让他兴奋，在学校他几乎不社交，其他教师搓麻打牌，他只管读书写作，别人则颇有微词，认定他是个怪人，他假装不在意，心里难免嘀咕。校长亲自肯定他创作价值，不亚于一场翻身仗。车开动前，他的邻座，一个穿着新潮的年轻女人拖着箱子匆匆赶到。他满心愉悦地站起来，很自然地去拿箱子的把手，准备帮忙搬上行李架，却遭到意外的呵斥。女子气冲冲地问他想干吗，他触电一般放开，女子轻声请后座年轻帅哥帮忙，后者欣然答应，放好行李后两人对视一下，意味深长地看了徐松一眼。

为避免尴尬，徐松躲到洗手间。他凝视镜子，求索受辱的缘由。在学校他是颇受欢迎的年轻教师，许多女生课上课下找机会和他接触。镜子里那个衣着普通陈旧，发型蓬乱，神情委顿的男子，从青年向中年过渡，头发已有几处花白，无规律的生活留下眼窝的凹陷。此刻他对自己的境遇故作轻松地做鬼脸，心里却记下这一切细微。直到列车到站，他才从洗手间出来。

金碧辉煌的酒店大厅让徐松赞叹。负责报到的是两个女生。徐松羡慕地想，这就是她们的工作，不是看早晚自习或留后进生默写，直到食堂打烊吃两口剩菜再批改无尽的作业，而是到风景秀美的地方办活动，吃海鲜自助。他鼓起勇气问她们需不需要帮忙，他正好闲着没事。两个女生相视一笑，同意了。此时旋转门进来一个又瘦又高的女生，她穿着碎花连衣裙，有着好看的胸型，脚下随意搭着一双拖鞋，肩长发映衬皮肤雪白。她走上前来，说自己叫叶赛弥。徐松被她吸引，但又胆怯，还是鼓起勇气上前。递材料时他灵机一动，讲起了圣经的典故，看对方没回应，又讲起了桑木耳的故事。叶赛弥直到离开也未吭一声。接二连三的挫折极大地冲淡了徐松的喜悦，他不得不审视自己魅力的悄然退去，或那本就是虚妄。

　　转机在下个路口。晚饭后他不再主动出击，随大流跟大家一起散步，静听高论。头脑清晰的他很快发现，大家水平参差不齐，但论对艺术的感觉和涉猎的广泛，没有谁比得上他。在一家小酒馆坐定后，一番推让，他大胆说出自己的文学观点和艺术见解，很快全场就安静下来。他浑然忘记白昼的尴尬，在自我领域挥洒自如，丰富的教学经验让他紧紧吸引听众。大家对其赞赏有加，纷纷加微信，畅谈到深夜的他甚至收获了几枚爱慕的眼神。怀着激动的心情入睡前，他发现只有写作者才能真正认识并珍惜他的价值，就像韩主任那样。这一切在学校是无法实现的，这才是他该来的地方。

　　第二天进展更顺利，韩主任约见了他，面对伯乐，徐松克制住紧张，他们谈得很投机。韩主任欣赏他的作品和文学观点，他怀着崇拜的眼神看着这个比他大不了几岁，但社会地位无法企及的人，细微揣摩他话里的倾向。拉近与韩主任的关系是此行首要目的，为此他紧急补读了几篇韩主任的文章，摸了摸门道，为此番顺利交流起了很大作用。韩主任交代他在研讨会上做个主题发言，他高兴地应承下来，拿定主意把文稿改得更靠近对方心意。

徐松已完全适应这里，如鱼得水，之前的丧气一扫而光。他充分利用语言和智力的优越，重拾语言天赋，惟妙惟肖地模仿各地方言，耍弄着精致的幽默，评头论足，惹得众人大笑不止。他们意气风发地走进自助餐厅坐下，徐松一眼就看见叶赛弥坐在另一端，心里微微动了一下。很快，他的脱口秀吸引了她，叶赛弥甚至夸张地咯咯笑起来。徐松感到得意，朝她看了一眼。他没弄明白，为什么仅仅两天，他又重新魅力无穷？一会儿大家提议唱K，徐松推辞了，他心里牵挂着叶赛弥，牵挂她认真吃饭的神态，她落在盘子上方的两缕头发，她红彤彤有些肿起来的嘴唇。他大大方方地坐到两人对面，他们已经谈得很愉快了。在他建议下三人换了小桌，叶赛弥的女伴不久离开了。她像刚学说话那样说个没完，徐松乐于做一个倾听者。日光渐渐下落，夜鸟一只只在落地窗外飞起来，他觉得此刻美妙不过。他判断出她是一个简单的女生，追捧一种酷——那些充满性和独特思想的艺术——大多是为了填充内心的空虚不安。他有不少这样的学生，他清楚对她们该说些什么，怎么说。他用经验将她牢牢吸引住，让这个三天前对他冷若冰霜的女孩相信自己是世上最理解她的人。"这就是生活啊，徐松。"他对自己说。谈话继续，从餐厅转移到田野，为什么不呢？徐松的目光落在她走路时俏皮摆动的手上，他愿意一直这么走下去。

分手前，他提出了酝酿好一会儿的问题，是否可以借她笔记本一用，一想修改发言，二想更多了解她。她答应得比预想更爽快，充满暧昧的提示更让他浮想联翩。他在电脑前一直忙到凌晨四点。

徐松很快悟到自己在会上的定位——冲锋陷阵的卒子。在一群保守的作家前安排了一次尖锐发言，他要把炮声打得响亮。他用精心修改的文稿发言，并引用韩主任的文章，很快招致了攻击。他看到韩主任微笑颔首，不慌不忙地进行反驳。出乎意料的是，叶赛弥激动地站起来为他辩护，引发一场不大不小的骚动，也为他解了围——毕竟谁会和一个小姑娘较真呢？韩主任面带笑意趁机提前总结会议。饭后他轻松极了，和叶赛弥散步到湿地公园，叶赛弥到一旁接电话，韩主任也来电赞赏他上午的表现，说下午有几个文化部门领导到杉城，问他是否有空一起坐坐。徐松没料到好运来得如此密集，连声答应。他觉察叶赛弥神情有异，但他已无暇顾及，满心想的是待会儿该说什么，怎么说。

晚饭后几位领导先行离开，回想宴席上的相互夸赞，徐松依然觉得不真实。在韩主任提议下，他们同赴韩主任朋友的夜宵。坐下来不久，叶赛弥忽然出现了，脸上带着几分冷漠不平，徐松不禁怔住。韩主任看徐松神情有异，向他介绍这是位杰出的年轻小说家，要他们多交流。徐松拿不准他们的关系，只能轻轻颔首。叶赛弥并未理会，咕嘟灌下一杯白酒。

推杯换盏间，徐松试探地说，今天叶赛弥讲得很好。韩主任已有七分醉，说自己非常喜欢她，看着她成长起来，还给她留了工作职位。他补充道，当然还得看她自己的意愿，年轻人个性太强是好事也是坏事，这样的年轻人更该得到保护。现在附和讨好的年轻人太多，像徐松、叶赛弥这样有态度的太少。随着韩主任的话语，徐松的眼神一会儿明亮一会儿黯淡，他连连称是，又敬了一杯。

叶赛弥首先醉了，韩主任紧随其后。韩主任被众人七手八脚架着送回，走之前不忘叮嘱徐松照顾叶赛弥。徐松打车送她回酒店，一下车她就吐了，躺在大堂门口的地毯上起不来。客房派来一个女服务员，他们一起把叶赛弥送回房。梁珊责备的目光让他心里发毛，等叶赛弥沉沉睡去，他们就离开了。

　　返程日，梁珊一早就收好行李，大箱小包像要去非洲猎狮。叶赛弥从宿醉里醒来，头还微微疼痛，问自己昨晚出洋相没有。梁珊边朝空气挥拳边说："有啊，昨晚你一直念叨一个男人的名字。"叶赛弥说："胡说吧，我念叨谁？"梁珊一笑："骗你的。"

　　梁珊邀请她一块去看唐卡展，她推辞了，没来由地觉得徐松会约她。梁珊做了几下伏地挺身，踱步过来说："你不是和谁纠缠上了吧。"叶赛弥略红了脸，说："谁愿意和我纠缠。"梁珊说："我觉得你是一个容易受骗的美人啊，美人，你的心是那么寂寞啊，寂寞。"她哼唱起来，背上背包推着箱子消失在门外。

　　到达餐厅时，徐松已经坐在那里了，脸冲着门口，面前摆着空盘子。叶赛弥第一时间就看到他，他像在等待谁，又不像。叶赛弥很自然地坐到他对面，两人相视一笑，仿佛之前的不快已经消失了，或者根本没有什么不快。韩主任打来电话邀她参加一个临时活动，叶赛弥满心期待地看了徐松一眼，说已有安排。徐松听到声音，说："是韩主任？"她点点头。徐松说："他对你很关心。"叶赛弥说:"他是个好人。"徐松往窗外看了一会儿,像寻找什么,然后说:"听说江边建了很漂亮的栈道,我们待会儿去那走走吧。"

江水把杉城分为新旧两半,栈道立在新城。他们在江边解锁共享电动车,椒红小车沿着栈道盘旋上升,江对面旧城逐渐露出全貌。灰色坚固的临江城门由厚实的城墙拱卫,庇护着身后交错纵横的街巷,上面尽是些老人在慢慢走。竹竿纵横、衣裤交错之上,几道炊烟软绵绵地升上去。江水把城墙围成 U 形,延伸到目之极处,闪着金光。栈道最高处,江风大得任何烦恼都站不住脚,他们继续往下,在一处背风的树荫休息。

叶赛弥说:"我给你讲个故事吧,一个不伦之恋,这个故事影响了我的人生。"徐松点点头:"你说。"

一个女大学生,她喜欢文学,喜欢诗,不,是爱。她没日没夜读书,只想找到自己最中意的灵魂。她被一位诗人吸引,读了他所有的作品,搜集和他有关的一切。她发现这位诗人和自己同在一座城市,是另一所大学的老师。她寻到那里,跟着听了几场讲座,鼓起勇气问他问题。诗人没想到这么年轻的姑娘居然试图理解他的作品,他们聊到天黑,在阶梯教室幕布后接了吻。他们建立了亲密的关系,诗人把她介绍给朋友,作家和诗人们,她和诗人形影不离过上一段快乐得散发光芒的日子。有一次她陪诗人去领补贴，却受到行政人员的刁难和羞辱，她才了解由于诗人发表了某些言论，学校被通报，大家都被扣奖金。她怒斥工作人员枉在大学工作，连自由思想独立精神都不知道。对方却告诉她，诗人是学校教师，在遵守规章制度的合同上签了字，却违背承诺，是缺乏契约精神，想要言论自由大可离职，不要给他们带来麻烦。她知道沟通已无意义，诗人脆弱和无助的一面罕见地暴露在她面前，此刻她比任何时候都要爱他。她做出决定：搬进他的家，照料诗人的生活。

因屡受处分，年过半百的诗人依然是讲师，收入低微，住在学校狭窄的教工宿舍。她以为诗人开着车带她到各处旅馆录下性爱视频是风格所致，却是自尊使诗人不想让窘境暴露于前。她没料到，已有人先她一步踏入这里，并牢牢占据一角。她提着行李踏入诗人家里的时候，被狭小空间里举目皆是的书本和诗稿所震撼。地板、家具、书堆的每一个角落，都飘满了金黄的葵花瓣。她以为这是诗人不事整理的书房或前厅，没想到这就是他吃饭、思考、写作、欢爱的所有场所。这个空间里除了她和诗人，还有诗人的妻子，玲姐。这位诗人原来的学生默默服侍了他十多年，因为诗人无法在孩子喧闹下写作，她放弃生育。诗人和前妻有一个孩子，现在美国留学，学费由前妻负担，这是诗人心里的隐痛，他只在喝醉时才提及这个他引以为傲的孩子。

女孩搬到诗人家前一天，玲姐来到睡梦中的诗人床前，手持一大束葵花，将它们的花瓣一片片扯落。飘落的花瓣很快惊醒了诗人，他在确认妻子不是梦游之后，想起葵花是他们定情诗里的意象。两人相对无言，直到葵花尽数扯落，妻子回到床上。

"你在听吗？"叶赛弥问徐松，其实是问自己。她害怕此刻电话响起，破坏她无法再次完整进入的回忆和叙述。"我在听。"徐松点点头。

狭小的家里支起两张床，一张属于诗人和女孩，一张属于玲姐。玲姐尽力隐匿自己的存在，她悄无声息地吃饭、睡觉、便溺、准备饭食，仿佛听不到也看不到他们做的任何事情。那段时间里的亲昵仿佛置身地狱，永远背对着一个不愿投注目光的窥视者。忍无可忍的女孩告诉诗人，她希望诗人和玲姐离婚。诗人失望地说原来她也在意这些世俗。女孩说他误解了自己，她并不要和诗人结婚，只希望诗人和玲姐离婚，他在对玲姐进行一种惨无人道的虐待。

诗人沉吟了一会儿，说："你并不了解她。"女孩说："恐怕不了解她的人是你，你不屑了解她，你只想当爱情里的国王，当感情里的奴隶主。"诗人说："小玲离不开我的。"女孩说："那你觉得我离得开你吗？"诗人有些惊愕地抬头看着她。

女孩最终还是离开了，她对字里行间的诗人爱得热烈，却对生活中的他失望透顶。事情远没有她想得简单，她搬进诗人家中成了流传两校的丑闻。看到女孩离开，犹豫是否要请公安机关介入的两校马上请女孩母亲赶来，并由其同事邀请诗人进行二十四小时不间断的谈心。

母亲没料到这种见面场景，但她表现得沉稳镇定。女孩为隐私被迫公之于众沮丧和愤怒到极点。她麻木地浏览网页，有人留言说，诱奸学生是这位老师的看家本领，且他总有本事让学生毕业前主动离开，片叶不沾身，在此方面堪称一代宗师。这则留言很快被删除，却在她心里烫下一块疤。她告诉母亲，他们只是分开了，仅此而已。

学校行政人员建议母亲，如果他们同意，可以用医学手段检验她女儿是否失贞。听到这个词，女孩猛然抬头，以一句"无耻"和一声响亮的摔门结束了这场闹剧。

女孩回忆起她和诗人在旅馆里，相互亲吻爱抚情到极处无可奈何之景。她问诗人，若他们不为世人所容，该怎么办。诗人说，那两人就拿一条床单裹着，一起从楼上跳下怎么样？女孩说棒极了，但她要到全市最高的旅馆去，这样他们会在床单里摔得血肉模糊，分不出彼此。她知道自己没有说谎，她的手和诗人触碰的时候，指甲长出一截。那是她的灵魂已经不再迷恋躯体。这种勇气，她大概永远消失了。

"好故事。"徐松说。

锁好电动车，离开栈道，徐松正要往前走，叶赛弥忽然说："你看。"徐松看向她指的方向，一长溜电动车在树下排列。叶赛弥问："你能找出我们那两辆吗？"徐松迷惑于这个不成问题的问题，但旋即领会她的意思，会心一笑。

在酒店大堂分手时，他们往两端走去，很快就要各自返程。她忽然想起《喜剧之王》里的场景，这缓慢的数十步，希望徐松能知晓她的心意。没有声音响起来，走到电梯处，她按下按钮，忍不住回头看，徐松也立在对面电梯井看她。她朝他摆摆手，"叮"的一声，电梯到了，她只得迈入。

房卡一插上，电视自行启动。她在噪音里机械地换着衣服，忽然一则新闻引起她的注意。公安在某度假村破获一起金融诈骗案，航拍画面里熟悉的场景让她一惊，紧接着，画面上忽然一晃而过王总狼狈的脸，她不禁怔住，马上给母亲拨电话，关机，再拨三五遍，关机。她忽然明白一切。

母亲也是同犯？她现在哪里？自己该不该去找她？天地茫茫，她该上哪去？

雨云飘过，客房的光线一下暗下来，客房电话忽然响起，吓得她一哆嗦。她接起来，是徐松打来的内线电话。他用低沉的声音问她能否晚些返校，他想请她到房间来，有些话想告诉她。这一字一句都是大海上漂来的浮木。

叶赛弥推着箱子走进房间，感叹于徐松的细心。他把窗帘拉得严严实实，留下一盏微黄的灯，令这里像洞穴一样安全。徐松刚刚冲了个澡，头发还有些湿漉漉的，叶赛弥控制用手去摸的冲动，坐到单人沙发上。徐松泡茶，她则控制不住嗓音的哽咽，告诉他自己的不洁和邪恶。前男友听闻她的不伦之恋，千里迢迢赶来哀求她，但她对此极不耐烦，甚至希望他去死。她……徐松目光灼灼地说她累了，提议他们上床休息一会儿。叶赛弥顺从地跟着他，两人在柔软的床上侧躺着对视。叶赛弥身上每一处幽微之处都打开了，她既觉得兴奋又感到困倦，她渴望有一个地方能庇护她，让她一直钻进去，钻进去。徐松目不转睛地看着她，用手指背轻轻抚摸她热奶油一样的脸。她轻轻说："你可以抱我一下吗？"

在男人的怀里，她在啜泣，在缩小，他用手掌轻抚后背，把温热的手伸进她的衣服，摸到背上特别的突起和缠绕。他问："这是什么？"她摇摇头："只是一种内衣罢了。"诗人的脸浮现在眼前。他笑了笑，不再追问。把手移到了她的腰上，把脸靠近。

他们啜饮着对方，进行一次深长的接吻，令叶赛弥几乎喘不上气。她希望他的手快些向下，剥熟鸡蛋一样剥开她，掌握她，让她在暴风雨里再淋洗一次。但那只手迟迟没有动作。叶赛弥望向徐松，发现他也在看着她。她闭上眼睛，听到徐松冷静地说："就到这吧，再往下就不美了，你说是吗？"

她的心脏停止了跳动，血液被抽离体内，雨雾般喷向天际。她明白了他的心意，她听见自己用最后一点力气说："我要把这句话写到小说里去，它像电影台词一样漂亮。"

她知道一切都结束了，虽然一切还未开始，就像雪崩。人们总关注那漫天飞扬的壮观，却很少有人去探究第一个冰晶的断裂。今后一段时间，他们还会继续保持联系，相互问候、分享生活，直至频率越来越低到失去联系，相互遗忘。她不幸地拥有了预言未来的能力，但她却无法遽然抽身离去，就像她无法处理此刻理智与真实触感的割裂。床头的手机接连不断响起微信提示音，梁珊在唐卡展现场给她发来一张张面目庄严、端坐雪域高原的神像。她一再邀请自己进入她的世界，但那已是自己羡慕却无从进入的世界。她想起了那只沉在水底，与野草为伴的牛津船，于是留了最后一滴，并不明显，却货真价实的眼泪。

归途

一

临近下班时，病人进来了：面色青紫、血压陡增、呼吸困难，随时有生命危险，抬扯病人的两个粗笨中年人，在医院陈旧的水磨地砖上又叫又跳脚，一个头发花白的老妇人只在一旁哭。社区医院算是乱了套，王主任带着几个年轻医生匆忙接下病人，连中药房的徐缓也被叫来帮忙。

典型的急性心功能不全。大家塞了好几个枕头，把半昏迷的老头调整到坐位。徐缓眼尖，看见病人只带着一根鼻导管，他碰了碰王主任，意思该去拿个氧气面罩来，扩大病人的吸氧量。王主任意味深长地看了他一眼，小声说："和上面反映了多少次了，设备就是不到位。"老妇人抱着老头拱头哭起来，中年人蛮横地指着王主任的鼻子："你们干什么吃的，什么东西都没有，要是没弄好，和你们算账！"徐缓低头看见床头柜上的一次性塑料杯，拿起来用刀片三两下剜了个孔，接上鼻导管，通上氧气瓶，使医用胶布粘在老头嘴上。临时性的输氧面罩下面，老头剧烈起伏的胸部慢慢平缓下去。

诊查间隙，徐缓走出病房，在昏暗的走廊上发了短信：刚接了个病人，晚饭你自己吃吧。一会儿来了回复：不知道你一天到晚在忙什么！

病人送进来前，徐缓正把肘搭在脏兮兮的键盘上，想今晚用什么理由不和斯瑶一起吃饭，他厌烦坐在一起弥散的敌意，但想一个恰当的理由又是一件折磨人的、心照不宣的游戏。他看了看玉兰树影，把手机揣回兜里。王主任拍了拍他的肩："待会儿请你吃夜宵，刚刚这手法俊得很，哪里学的。"徐缓摆摆手："哪有哪有，以前实习，见老医生做过。"

主任换了衣服，递给徐缓一张转院单："让家属签字，建议他们到三甲医院去，我们没设备治这病。"徐缓转身要走，主任叫住他："家属怎么想就怎么做，我们只是建议。"徐缓点头去了。老妇人只坐那哭，中年男子摇着短粗的手指："医生，三甲医院我们不去了，就在这治。"徐缓说："我们这没治这病的条件，只有去大医院管用。"中年男子说："大医院就一定治得好吗，不一定，不去了不去了。"指天骂地一回，一行人去了。

他们到附近废弃厂房改造的铺面里吃羊蝎子。工厂还辉煌的时候，厂医院设备先进，外面递条子进来的人络绎不绝。工厂倒了，厂医院改成社区医院，剩下一帮无处可去的医生护工在旧楼里看守冷冷的月亮。王主任四十多岁，没有结婚，个人生活疏于打理，羽绒服的袖口黝黑发亮。他抚了抚稀疏的头发，连着敬了徐缓两杯酒，感谢他今天替大家解了围。"好好干，咱们虽然是基层，但是广阔天地，大有作为！"王主任耳朵额头红成一片。

徐缓敷衍着回敬了酒，虽吃着羊蝎子喝着白酒，却如有幽幽的光照下来，清冷孤寂。从不得不到此工作起，他就躲在药房的深处，和抽屉里用不上的三万八千种中药材一样顽固地沉默，今天的显山露水才让同事认识到这么一个人。王主任的话，他不冷落，也不暖着。王主任却不在意，絮絮叨叨地说，频频举杯，徐缓酒还没沾唇，他已经喝下去三四杯。

一瓶酒喝完，王主任颇有醉意地僵直着手指着他："徐缓啊，我和你说句心里话，你人也聪明，形象也好，我不忍心看你在这里浪费时间。医生是什么，病人是什么？医生是马，病人是草，草不够养不肥马。没有好设备，没有好病例，天天像这样和尚撞钟，二十年后还是这鸟样，就是我这鸟样啊。"

徐缓不响，喝了一杯酒。王主任见他若有所思，说："如果不想干这行，就趁早转行，你还年轻，你看今天那些……唉，看惯了看够了，不是没办法谁愿意受这份罪。"徐缓不言不语地掏出随身带着的口琴，轻轻吹了起来，琴声引得雾气里捞面条的老板也侧头来看。一曲终了，王主任拍着桌子叫道："好，吹得好，和电视上一模一样响亮，好！"

分手时八点半，徐缓还不想回家，他要了一小瓶白酒，坐在大桥下慢慢喝。他拿出口琴，把之前吹的曲子又吹了一遍，但这次有几个音却怎么也吹不好，他叹了口气。酒精流淌让他浑身暖融融，手机里翻来翻去，一条信息也没有，他心里烦闷。

徐缓拨出一串号码，没过十分钟，电话里悄声说老公回来了，让他到微信上聊。微信上，两边意犹未尽，越说越露骨，徐缓一边哆嗦着聊天，一边往嘴里灌酒。江上飘来运沙船的汽油味，徐缓凭借文字想象她以何种姿势躺在床上，如何摩挲着自己的身体，手指怎样滑过湿漉漉的缝隙。

他的阴茎激烈地胀大，摩擦着大腿和布料，使他似乎恢复了男人的力量和威严——但这些并未让他把今天的一切忘记——第一次，在手淫之前就感觉索然无味。

他哆哆嗦嗦地把对话删除，站起来仰头把酒喝光，捏着瓶口往栏杆上一敲，酒瓶穿了底。破碎的锯齿在路灯下闪着寒光，几个路人闻声远远绕开了走。他饶有兴致地看着闪光的碎口，想象着这冰冷的边缘刺入脖颈时的闷响和喷薄而出的血雾。倒立的瓶口渗出残酒滴入袖管里，蚂蟥样在他手腕上划开一个冰凉的口子。

斯瑶穿着睡衣在电脑前看招聘网站，徐缓把衣服一丢，准备洗澡。斯瑶别过脸来："又和王主任喝酒去了？一身酒气。"徐缓点点头，醉眼看她，忽然自语了一句："昼短苦夜长，何不秉烛游？"斯瑶嫌弃地摇摇手："酸，又念什么鬼诗了，赶紧去洗澡吧。"全身热水四溅，外面手机铃声大作，徐缓摇头大喊："不接不接，谁也不接。"

换好衣服出来，他看见斯瑶脸色全变了，身子僵硬地歪在床上坐着。他心里怦怦跳，想打几句趣。斯瑶把他的手机丢到床上："这是什么不要脸的东西！"徐缓把对话删除之后，那边浑然不觉，还是源源不断发了文爱的内容过来。酒醒的徐缓看见这些词句，脸上尴尬，心里寡淡，不知说些什么才好。"无耻！"斯瑶抹了把脸，换上衣服摔门而去。

二

斯瑶第一次见到徐缓，是在一次跨校的社团活动上。等待活动的间隙，徐缓手捧一本线装书仔细阅读，白白净净，身上散发出一股奇怪但是好闻的味道。往后的大学岁月，当徐缓和斯瑶在中药库里大汗淋漓地做爱时，托举斯瑶到达高潮的，除了坚硬滚烫的下身，还有仿佛发了酵的、密密织就的中药味。徐缓会吹奏好听的口琴，读古籍，比她大三岁，看起来成熟稳重——这一切，并非斯瑶爱上他的必需。徐缓谦和、寡言，甚至斯瑶觉得他活像一个小心翼翼的瓷器，这是其他追求者不具备的。那些人无论掩饰得多么好，总会在不经意之间流露出一种自以为是的恶臭，这股恶臭之上，是父亲那冷酷的脸。徐缓从不替她拿主意，只是耐心地倾听，一次次的细节，徐缓显示出他认为男人一点也不比女人要高，反过来也一样成立，虽然这种平等有时略显冷漠。如果略去这一点小小的冷漠，徐缓对斯瑶来说，是难得一见的。斯瑶甚至毫无根据地，把他这种性格，和从未去过的，想象中风光旖旎的南方联系在一起。

然而南方并非一如所想。这是斯瑶在南方的第一个冬天，曾在书本上读到的大雁所去的地方居然如此寒冷。夏天的酷暑已经领教过了，他们在没有空调的出租屋里炼狱一般煎熬，现在寒风和湿气又不分方向地侵犯过来。

这座城市她既熟悉，又不熟悉。熟悉的是这里的颓废衰败，和她心中所想的南方大相径庭，甚至比不了自己的家乡，她费了好大力气才说服自己勉强接受这里；熟悉的还有古怪偏执的口音和冷冰冰的表情，几个月来在找工作的困境里不断击打着她。不熟悉的是这里的风景，这里的夜晚——徐缓很少带她见识这个城市有趣光鲜的一面，她看他心情抑郁，也打消了兴致。现在她可以痛快地在夜里走一走了，走到长街的尽头，看还能走到什么地方去。

为了到这不熟悉的南方来，身为独女的她和父母大吵一架，几至不可收拾。父亲操起擀面杖朝她没命地砸过来，她冷静地侧身一让，擀面杖哗啦啦把窗户砸破，带下一盆蟹爪兰来。她想起初中时，因为惹怒了父亲，数九寒天，父亲把一瓢冷水从她颈子里直倒下去。那黏腻刺骨的感觉，把小时候残存的美好时光也捂熄了。母亲哭着来送她，她劝告母亲和她一起到南方去，不要再管父亲了，母亲捂着脸摇头。母亲虽然比自己遭受着更多的虐待，但父亲毕竟要靠她照顾。母亲不识字，不会讲普通话，自己大学毕业也找不到工作，她到这里又能做什么呢？母亲连和她过来暂避一避也回绝了，南北遥遥，不是轻易能花的钱。现在斯瑶庆幸自己没有让母亲一起过来，往哪里避？连自己也没有个存身之处。自己受辱也罢，母亲受辱，自己是万死难赎了。

冷战已经持续了一个星期。出租屋里有两张床，徐缓总是很晚回来，闷声不响地躺在另一张床上。斯瑶大学毕业之后欣然来到徐缓所在的城市，败落颓废的城市先给她的喜悦蒙上了一道灰，徐缓工作的"真相"和菲薄的收入又蒙上了第二道灰。找工作的连连受挫又让她跌坐到了泥淖里——让徐缓一起离开这里到大城市去的叫嚷，这时已显得无力。困窘的现状让他们到处起摩擦，徐缓对这一切摩擦抱着忍让的，或者说是置若罔闻的态度，他仿佛已经是一株没有生命力的树，只想在这块地里继续苟活下去。

麻木的脚渐渐走暖和了，她走到了江边，桥上风大，她踱步到桥下来，这里几个夜宵摊三三两两散着，一对情侣溜着阿拉斯加犬从边上经过，狗的脚掌踩着一个酒瓶子咕噜噜响。酒瓶子掉了底，锋利的碎口沿着水泥地滴溜溜转，散发出好大的酒味。

斯瑶忍受不了沉默的僵持，希望他们可以痛快地吵一架，甚至，甚至像那些野蛮的男人那样动手打她。这种谦和寡言是一种磨人的软刀子。她一直找机会打开剧烈冲突的入口，今晚她终于找到了。早知道是这样的东西，她宁愿不要看到，反而清静。胸里肺里连片一抽一抽地疼，但看到了能当作没看到吗？轻轻地放回去？她毕竟还是个人，还有点喜怒哀乐。

徐缓持续不断地打来电话，她拖到黑名单里。她翻了翻微信上的回复，有替她痛骂徐缓的，有想对策的，有语带揶揄的，没有一个讲到她的心里去，有谁会真替我设想得到呢？但我这种境况，又怎么说，向谁说呢？她捡了一块黑黝黝的树荫坐下，小声地擤着鼻子，眼泪擦了流，流了擦。

三

任敏帮斯汉洗完脚，又给他吃了药，给炉子里添了点煤。天气越来越冷得紧，眼看小雪要来了，这边忙完了待会儿还得去疗养院做护理。正想着，女儿来了电话，任敏擦擦手，接起来，一听斯瑶的语气，知道情况不好，她趁斯汉没注意，悄悄进了院子。

任敏把眼泪都擦干净了才进了房间，收拾衣服准备到疗养院那去。斯汉问是不是瑶瑶的电话，任敏回说不是，是大姐的，没说完倒噎着一口气。斯汉操起身边的竿子没头没脑地朝任敏打过去，任敏被打得跌坐在床上

哭起来。斯汉一边打一边喊："我生了这个不中用的连
父母也不要的东西，你们又合一伙来骗我，我知道你们
娘俩早嫌我了，嫌我是个残废，是个药罐子！我死了干
净，死了干净！"

顾忌斯汉的心脏，任敏呜呜咽咽地说："瑶瑶在那
边不如意了，小徐拿不定主意，不知道是不是有点别的
意思。"

斯汉听了，大喘气起来："报应，我跟她说了多少
次，什么样的人就跟着走。我这两条腿谁轧断的忘了
吗？跑路的跑路，不认账的不认账，南边的人有点钱，
全都黑了心！"

心情平静了些，斯瑶找了一家夜宵摊子坐下来，一
个穿着围裙带着毛线帽，头发缭乱的妇女在热气滚滚的
锅前忙碌。她带着露指手套，小心翼翼地把各种蔬菜和
肉放进沸腾的锅里。她撩头发的时候，斯瑶才发现，她
很年轻，和自己年龄相仿。一个穿着灰扑扑衣服的男人
蹲在炉灶下面弄什么东西，不时抬头起来和女人说一句
什么，两个人都笑起来，斯瑶看得痴了。

掏出手机，斯瑶看见是斯汉的电话，有点诧异，她
犹豫了一下，还是接了电话。通话一开，劈头盖脸的就
是骂声："你还要不要脸啊，别人都这样待你了，你还
赖着不走，我们还有多少人给你丢的？"斯瑶气得全身

哆嗦，她用尽力气克制地说："脸不是你给的，我丢不丢人和你没关系。"斯汉大吼："我不管那么多，你马上给我滚回来！"

斯瑶听见屋子里东西的碎裂声和母亲的惊叫声，知道斯汉又在乱打乱砸，她心里又急又痛，冲口而出："我不回去！我有人要也好没人要也罢，就是死也死在这里。你当没我这个女儿，我也当没你这个爸！"斯汉在那边吼了一声，还想说什么，斯瑶挂了电话。

徐缓连续打了几个电话，都被掐掉，后来一拨过去就是忙音。他知道被加入黑名单了，还是报复性地持续不断拨过去，机械的女声循环着"正在通话中，请稍候再拨"成了电子的嘲弄，他猛地把手机往地下一砸，屏幕一角开了花，电池散在地上。

抚了抚屏幕，徐缓把电池和手机分装在大衣两侧兜里，戴上帽子出门去找斯瑶。斯瑶在这里唯一认识的人就是他，根本没有找的方向。他只能漫无目的地走过他们曾经逛过的商场、餐馆，慢慢走到郊外，鞋底把泥土踩得咯咯响。

十二点，徐缓不找了，他守在小区的旧花坛里，双手压在腿下边，看晚归的人稀稀拉拉地进来。为了避免不必要的招呼，他用围巾把自己的头脸全盖住。一个醉汉眼勾勾地看着他足足有五分钟，他克制自己和他扭打的冲动。

　　大概十二点半，比徐缓预料得早些，斯瑶哈着白气进小区里来了。徐缓赶紧迎上去，斯瑶快步走过去，硬硬地丢下一句："你妈要到咱们这来，打不通你的电话。"

　　徐缓赶紧把电池装好，回拨了电话。郑小娥笑着说："都睡了怎么这么晚打来？"徐缓说："妈你怎么了？""没怎么呀，腰的老毛病又犯了，明天上你那大医院去看看，可能要待一段时间。倒是你怎么了？没事儿吧。"

四

　　灯关了，黑暗洒落下来时，又到了徐缓一天中最备受煎熬的时候。从肩到屁股挨着贴着的，是母亲臃肿的身体，让自己迟迟无法入睡的，是母亲传来的鼾声。另一个角落的床上，不知道斯瑶睡着了没有。这张屋里最大的床还是显得太狭窄了。母亲的身体有韵律地起伏着，和自己的肩部、臀部轻轻摩擦。徐缓难以抑制这种尴尬的反感，他尽量让身体远离母亲，却不奏效——床沿硌得自己胳膊生疼，被子拉到极限，只剩薄薄的边缘搭在他身上，他感到难以抵挡的寒气——在这样的时候，即便他是个医生，既不能病，也病不起。严寒最后还是把他推回被窝中去。原先是一人一条被，母亲受不住冻，变成了两条一起盖着，徐缓想去再买一条，但是怕她多心，母亲走了新被子又没处搁。半个月没有和斯瑶做爱，他的细胞干渴，这种干渴触碰到了身后的躯体——母亲的躯体，也是一个女人的躯体，还是一具衰老松弛的躯体，困窘和伦理让因渴望斯瑶的勃起成为一种羞耻。

骨质增生带来的坐骨神经痛让郑小娥不能久坐，她要长时间靠在床上，三个人怎么安排睡才好呢？接站回来，在拥挤的公车上边挽着她边拿着行李的时候，徐缓已经在考虑这个问题。斯瑶用几次眼神就让他明白了，她还没有原谅他。她本就神经衰弱，也无法和母亲睡在一起。这样的简捷反而省去了徐缓因困窘而来的麻烦。郑小娥看见了两个小人儿的眼色，什么也不说，任他们安排去。

这天徐缓下班，王主任笑他："怎么有黑眼圈了，年轻人年富力强夜夜笙歌，但也要注意身体嘛。"徐缓本不喜欢这样的笑话，但这次却让他有点解颐，苦笑了一下。王主任拉住他："小徐，我有个弟兄，一直拉草台班子到处给人庆典吹打，最近班里有人回老家了，一个活动又急，我看你会音乐，我跟他说一声让你救救急，有没有兴趣？"他看徐缓有些犹豫，说："报酬有那么几百块钱，你要是不嫌弃，我现在就说一声。"徐缓虽然没试过，但一直确有靠这个长处赚点钱的想法。主任的描述一出来，他脑中浮现却是那种山寨班子的可笑模样，让他有些嫌弃。但一来王主任热情介绍，二来最近确实也紧张，他心里含含糊糊地，说："那，我怕，我怕……"王主任拍拍他的手："没什么可怕的，我说一声去。"

脚步轻快地回到院子里，徐缓看见郑小娥在剥豆子，和周围的阿姨谈笑，她来了不过一周，就和徐缓分不清的这些中年妇女挺熟络。徐缓想了想，没说，和她一起剥豆子。郑小娥捏捏他的手："手冰凉凉的，去多穿件衣服。"徐缓把手抽回来："刚洗了手呢，我不冷。""看你今天挺高兴的，是不是领导表扬你了？说来听听呗。"徐缓一下把笑容敛起来："做一天和尚撞一天钟呗，能有什么。"

郑小娥停了停，笑着说："最近是不是和斯瑶拌嘴了？"徐缓说："没有的事，我工作，她找工作，累得不爱说话。"郑小娥剥了会儿豆子，说："我们什么时候去看看房？"徐缓心里一下恼了起来，刺挠挠地说："看什么房，我买不起房。""有我这呢，斯瑶那边情况不好，咱们就多出点力，大的房子买不起，一个小窝的首付还是能帮你的，刚才也问了邻居这儿的房价。"徐缓把豆壳一丢："没有房子就连人也不配做了吗？没房子的是不是就该去死，别活着丢人？"郑小娥一怔，和软地说："说到哪里去了？我是想着斯瑶这么大老远过来，肯定是指望着你，咱们也得有点行动，安居乐业安居乐业，安居才能乐业，女孩子就那么几年，熬不住就走了。这孩子，说话怎么这么刺人，别的事情还好，这样的大事可不能没主意，别人千里迢迢过来，你想成不想成，要拿出个态度来。就算不为她想也为以后想。""我看呀，"她目光四周一扫，"总住这也不方便。"没留神这几句话让徐缓血都聚到头顶了，他冷笑着说："我当然是没主意，这是一两天了吗，可再没主意这也是我自己的事。你也别拿什么孩子房子日子来压我，我们这辈活法不一样，你根本不懂。"郑小娥捶了捶腰，屈了屈站久的腿："话是这么说，但你们年轻人也是人呀，难道就不过日子了？你是不是怕贷款难还？我每个月还有点退休金，慢慢帮你，我看斯瑶是个好孩子，你们的日子会越来越好的。"徐缓一摆手："我不想听你这套，你和别人说去吧。"转身进屋了。

　　过了几天，母亲忽然说要去附近的庙里拜菩萨，难得地留了两个人单独在屋里。徐缓看斯瑶眼睛里有那么点意思，想找个机会把事儿给结了，只是天冷，难在屋里大动干戈，母亲也可能随时折回来。但这难得机会每一滴的泄露又让他们感觉可惜。斯瑶看了看卫生间，徐缓心领神会地护着她走了进去，把浴霸开到最大，身上脱得只剩单衣。徐缓打了电话，那边呼哧呼哧地说今天人不少，就要到庙门了。一放下电话，两个人立马缠一起，徐缓在后面拦腰抱着斯瑶，右手一使劲，褪下了她的内裤。斯瑶手臂上绕揪着徐缓的肩膀、脖子，徐缓轻轻一顶，两人就湿滑地贴合在一起。有频率的运动之下，两人全身战抖，嘴巴相互啃咬，牙齿碰得咯咯作响。"贱人，你是贱人。"斯瑶狠狠地咒骂徐缓，徐缓轻轻地舔她鬓边的细毛，斯瑶闭上眼睛仰起了头。"亲爱的，是我错了，一时糊涂。""什么糊涂，你别想瞒着我，那个贱货呢？""你和我冷战了那么久，我在摇一摇上摇来的人，你骂了之后我就删掉了，我现在微信上一个女的也没有，你随便看。"斯瑶瞥了一眼徐缓递过来的手机，随便划拉了两下，把它丢在衣物架上，闭上了眼睛。"你别想这么便宜。"她的指甲深深抠进了徐缓的上臂，渗出血丝，徐缓咬着牙齿，把浪推得更高些。

五

小雪这天下午，斯瑶高高兴兴地拨了任敏的电话，上次任敏把自己的事情告诉斯汉，斯瑶一直没理过他们。任敏的声音好像有些低沉，斯瑶的气还没全消，喊了一声妈之后就冷着不说话，任敏已经从她的口气中有所察觉，声音也高兴起来："小雪天了，那边冷不冷啊。""还行，妈，我今天过了面试了，公司叫我明天就去上班。""啊，那好啊，要好好工作，不要急着赚钱，先把人家交代的事情做好了。""妈，知道了。""你和小徐怎么样了？""没什么大事，他向我认错了，以后他不敢的。""哦，这样啊，那就好。""妈，小雪天了，徐缓妈给我们做羊肉吃，你们吃羊肉了吗？""诶，我买了准备晚上回家做去呢。""妈，他怎么样了。""哦，你爸呀，挺好的，挺好的。"

锅里炖着羊肉，斯瑶和郑小娥在屋里择菜，斯瑶把今天面试的事告诉了郑小娥，她高兴地在屋里走来走去，都忘了下面要做什么菜了。不多时，徐缓回来了，斯瑶上去拉着他的手，把好消息告诉了他。徐缓淡淡说了一句"哦，很好"，就坐到书桌前去了。

吃饭的时候郑小娥说："斯瑶现在正式上班了，咱们日子过得越来越好了，一起喝一杯吧。"徐缓想说点什么，却又没说，闷着头一起干了一杯。斯瑶不知为何这样，气得一点胃口也没有了。

睡觉前，徐缓拿出口琴仔细擦拭着。今天他按照王主任的电话，找到了他兄弟王总，见到他的时候，他正在一家大型内衣店的门口和老板比比画画，他稀疏的头发和皱巴巴的西服让徐缓一点也看不出他是搞音乐的。他本来想让徐缓上台唱两首歌，但是徐缓不擅长唱歌。他刚掏出口琴，王总就嫌弃地摆摆手，最后没奈何，王总让他在鼓手边上拉手风琴。徐缓拉得不好，手指总是错乱，鼓手是一个留着小胡子的瘦男人，他很快察觉出徐缓的错误，不断调整鼓点来为他圆场，徐缓感激地朝他笑笑。演出结束之后，王总面色不悦地给了徐缓两百块，徐缓心里不痛快地接了下来，想以后无论如何也不来了。他回头看了一眼鼓手，热情地和他打了个招呼，说："你的鼓打得真好。"鼓手把鼓槌丢在一边，抬起眼睛来看了他一看，淡淡地说："打得好我还在这儿吗？年轻人别沾这些玩意儿，一沾就完。"徐缓被他说得脸绯红，诺诺地点个头就走了。

　　见过溺水的人吗？他在水里扑腾，张开双手去抓离自己最近的东西，抓到什么就算什么。徐缓在这些不费钱的小玩意儿上花过不少时间，比如吹口琴，写古体诗词。但要真说起来，倒不如说是在幻想上花了不少时间，他总是反反复复地看一些演奏家的视频和书籍，但从来下不了决心去苦练，沉浸在自己某天技艺精湛的想象里，对他来说才是生活急需的慰藉。对自己的天赋，他多多少少有些估量，但回到这个大家只为生存奔忙的小城市，没有人拨弄管弦，他颇能滥竽充数一番，收获一些小小的赞誉。当他总也吹不好稍微复杂的曲子时，急躁之际，他脑中每每出现一幅溺水人的景象。就在刚才，急促的鼓点告诉他，这个溺水的人似乎可以不必再挣扎了。

为了到这人人低看一眼的社区医院来，母亲替他求了人。如果自己成绩不是那样糟糕，如果不是延期毕业……虽然他从根本上对医学失去了兴趣，但谁不会幻想自己进入大医院，成为高收入人群？无奈签下的五年服务协议像一把锁，锁住他改变的可能。违约金他缴不出，即便他肯开口去求家人，他也知道自己没有选择辞职考学的勇气，他最害怕选择。

摇摆不定一天天挨过去，在徐缓心里也比承认现状强些。他尤其害怕那些现状的象征物，似乎只要不接受他们，现实就会自动好转似的。房子在他心里引起刺痛，拒绝在这里买房子（即便是买不起）是对这摊泥淖保持蔑视的姿势。但如果接受了，他要把自己的生活绑定在一起，还不得不承认这是来自家人的馈赠。

他心烦意乱地想着的时候，斯瑶接了个电话，披着衣服到外面说去了。斯瑶在外面待了好一会儿，郑小娥在床上推了推徐缓，让他去看看斯瑶，大冬天的，别生病了。徐缓不理会，嘴里不知说什么喃喃自语起来。郑小娥正要去伸手开灯，门开了，月光从外面照进来，斯瑶头发被风吹得缭乱，嘴唇动了动，说："我爸去世了，我妈叫我马上回去。"

徐缓把灯打开，张大眼睛去分析这句话的意思。等他分析明白的时候，心里咚咚地跳动，又觉得似乎终会有此一着似的，不知该悲凉，还是淡然。背后的母亲"哎哟"一声叫唤，跌坐在床上，呜呜地哭了起来。徐缓心里既烦乱又恼怒，他扶着表情木然的斯瑶坐下，小声地商量了几句北上的路线，斯瑶只是点头，徐缓拿着手机出去了。

千头万绪，不知道先做什么好。必须连夜坐飞机过去，这里没有机场，要到一百多公里外的邻市去，坐最早一趟航班。这些路线衔接固然烦人，但更烦人的是好几千的交通费用他手里还缺一点，自己节俭度日从不办信用卡，妈妈的钱都在存折里。他打电话借钱，但三更半夜让人转钱给自己，真是难以启齿。他划拉了一遍才发现自己没有可以开口借钱的人，给几个交情还不错的大学同学打了电话，不是关机就是空号。

他拨了那个电话。足足响了一分钟，她才接起来，小声地说："这么晚打电话来，想我啦。"徐缓百感交集地嗯了一声，说："我有点急事，你借三千块给我好吗？""哎哟，你图穷匕见了呀，借钱给你可以，你拿什么报答我呢？嗯？"徐缓急了："我没跟你开玩笑，你有没有，我急着用，你赶紧转给我。"她愣了一会儿，说："这么着急吗，你出什么事了？"徐缓说："现在没空说了，你看看吧。"她说："我农行卡有网银，但是上面才不到一千块，工行的倒是有些钱，但是没开网银，大半夜的去 ATM 机跟我老公怎么说？"徐缓说："你有的先转过来吧，我再别处问问。"挂了电话，在冷风里等了几分钟，卡上还是没有钱到账，他正要再拨过去，王主任来了电话。

王主任半夜接了徐缓的电话，听他说女朋友家里有急事，要请几天假，有点不放心，又打了过来，细细问到底是什么事。徐缓照实说了，王主任叹息了一声。等了一会儿，王主任说："有没有什么困难，和我说，不要见外。"徐缓因为今天演出的事还有点不痛快，索性说了："现在急着坐飞机去，钱有点不够。""差多少？"徐缓犹豫不决："三……两千，还差两千。"王主任说："你过去，少不了要到处用钱，我借你五千，你记得到时还我就行。"徐缓说："我是现在就要到账上那种……"王主任说："网银是吧，我有，我现在就给你转，别以为我们老年人就脱离时代了。你也别拿了钱不还啊，跑得了和尚跑不了庙，当心我扣你工资。"

　　一分钟后，五千块就到账了。徐缓马上用最快的速度订了大巴和机票，在按下购买键之前，他把航班的日期、时间、地点仔细核对了好几遍，生怕出一点错误。此刻一股可怕的感觉忽然从他心里升起，牢牢把他按在冬夜里：这次北上，他是以什么身份过去？帮忙料理后事、抚慰阿姨、会见亲友，他显然已经把自己置于斯瑶未婚夫的地位。他对要去的地方、要见的人一无所知。除了知道斯瑶家境不好之外，他对斯瑶的父母并不了解。他没有见过斯汉和任敏，只和任敏通过一次电话。斯瑶说她爸不同意他俩，他只给斯汉发过一次中秋快乐的短信，没有回音。这种不了解也有故意的成分在其中，多一分了解就多一分责任，离选择也就更近了一步。

　　他害怕选择。

　　他要和斯瑶结婚了吗？为了结婚他必须买房，必须接受家人的馈赠，必须把自己今后的日子绑定在一起，必须在这块泥淖里生根发芽。他恐惧。去和斯瑶说明吧，命运弄人，无可奈何，他不愿意和她去那个寒冷的地方。自己会把她送上飞机，让她留在那里，反正大概某天这也会发生的。但为什么又偏偏是在这个时候？

　　他把门打开，斯瑶一言不发地坐在床边，手里捏着一张团起来的纸巾，没有觉察到他进来。母亲在忙着收拾东西，她拿出两块毯子招呼徐缓："这两块毯子我放在包里，你们候机、下飞机都记着披上，冷。照顾好斯瑶，营业厅一开门我就给你把钱转过去。"说着说着，母亲又哭了起来："好端端地怎么会这样！"她坐到床边去，搂着斯瑶。

出租车上，斯瑶呆呆地看着窗外，徐缓的手机上来了一条短信，预览的内容是：给你转了三千，我好不容易……徐缓浑身发麻，不待打开就直接把短信删掉了。

六

斯汉闲坐在家里，取出枕头下几块亮闪闪的奖牌来回摩挲，黄铜的奖章天长日久散发出一股又腥又腻的味道，这味道，让斯汉还能依稀想起几十年前在训练场挥汗如雨的记忆。事故之后，他的运动员生涯泡汤了，之前过于繁重的训练和饮食条件的缺乏落下了不少病根，这些年随着老境的来临——在他身上发芽。

和斯瑶大吵一架之后，任敏和斯汉在家里没怎么说过话，任敏每天给他做了吃的，生好炉子，就到疗养院去。上次赶走斯瑶时打破的窗户，用报纸糊了一下，已经不知道什么时候被风吹破，斯汉看着抖动的纸片，吹在身上一阵紧似一阵的凉风也不去避。正呆坐着，隔壁蒋师傅的孙子敲门进来了，他把一张折好的纸递给斯汉，接了一把糖，哼着歌要走，斯汉叫住他，笑着摸摸他的头："小亮乖，大伯叫你帮忙做的事情，不能讲给人听，大伯屋里还有一大包糖，以后都给你。"小亮眼睛亮亮地盯着斯汉，使劲点点头。

小雪前三天，就下了第一场大雪。任敏拿着打包的菜从何总家出来的时候，已比平常晚了半个多小时。何总是个中年女人，办培训机构，任敏帮她照顾瘫痪在床的母亲。何总还算和善，对任敏也比较亲切。今天何总带着留学回国的女儿晶晶来疗养院看望母亲，一定邀请任敏去家里吃晚饭。任敏本来回绝了，但何总有点不高兴，她就不得不跟着一起去。到了那儿才知道，晶晶从英国带回一个男朋友，围着她前后献殷勤。何总高兴地告诉任敏小伙子的家世、才智。任敏越听心里越沉，想到女儿在远远的地方受穷，自己无能为力，草草吃了几个饺子。

一打开门，任敏就闻到一股酒精味。她进门，拿起半瓶白酒，踮起脚放到柜子顶上。斯汉阴恻恻地笑："怕我醉死是不是？你们巴不得我死吧。"任敏不去接话，拿着打包回来的海鲜去厨房热好，端出来摆在小桌子上。打扫完屋子之后，她觉得哪儿凉飕飕的，看见原来的破窗又开了，把报纸折了几折，蹲下来去糊窗户。

斯汉不吃饭，在身后骂骂咧咧："你还拿报纸去糊哪，胶带不管用吗，明天不是又破了，还补什么？今天冻死我拉倒！"任敏知道家里只有小卷的胶带，不济事，但她看见这个破窗，想起斯瑶离家的伤心事，便当作没听到，自顾在那里糊窗子。斯汉性子本来暴躁，这些年更添了许多，看见任敏和平时不一样，不管不顾地在那糊窗子，怒气大发，捡起身边的眼镜盒、遥控器就砸过去，一边大喊："你聋啦？给我换胶带！"

丢过来的东西噼里啪啦掉在地上，有的正中任敏的后脑勺，她不吭一声，流着眼泪继续糊窗子。斯汉看任敏不告饶，怒气攻心也管不了那么多，抄起饭碗就死力砸过去。

任敏糊好窗子，一回头，眼前一黑，饭碗正中额头，砸开一个缺，哐当碎在地上。任敏手一抹，拿在灯下看，亮闪闪的都是血。她也不哭，也不叫，收拾了东西就往外走。

七

候机厅里的人越来越多，气温也逐渐升高，没人知道角落里的两个人已经在这里等了将近五个小时。在第三个旅客来到候机厅之前的几个小时里，徐缓没有想出任何有效的安慰斯瑶的话。他到肯德基去买牛奶和汉堡，斯瑶就吃一小口，把牛奶在手心捧凉；他用嘴给斯瑶搓手哈气，斯瑶就木然地把手伸给他；他觉得斯瑶这么坐着会受凉，带着她在大理石地板上转圈，斯瑶就在后面被他牵着慢慢地走。光滑地面上两个移动的倒影像极了两个老年人，值班室里的保安好奇而谨慎地盯着他们。

　　旅客逐渐到来让徐缓感到了安全和释然，他在越来越暖的空气里昏昏欲睡，好不容易挨到了上机，他们在靠近舷窗的位置坐下。这是徐缓第一次坐飞机，他心中充满着不安，起飞时尖锐的耳鸣让他紧张，但看见其他若无其事的乘客，他又只能隐而不发。起飞后不久，他见从舷窗看见飞机离田地、海面、云层越来越远，一切都成了刺目的白，这个时候，飞机的机身忽然猛烈地抖动了一下，警报器发出呜呜呜的尖锐叫声，氧气面罩从座位上方掉落下来，神情慌张的空乘告诉他们，飞机发生了故障，需要紧急降落。徐缓从旁人的哭喊中才弄明白这是要坠机了，他紧紧捏着斯瑶的手，伸手去够氧气面罩，还没拉下来，忽然脚下失重，身体失去控制……

　　冷清的候机大厅已经变得闹哄哄一团，许多推着小手提箱的旅客站在四周大声谈笑。徐缓下坠的手腕触到冰凉的大理石地面，一阵酸痛，他慌张地扶着座椅扶手稳住身子，看到对面有几个女乘客笑着指向他这边，看他目光扫过去，就端起一副冷漠的脸孔。徐缓不安地看着斯瑶，懊悔自己在这样重要的时刻睡过去。斯瑶对他的凝视毫无反应，目光贴着地面。

突如其来的梦让徐缓心神不宁。在这个重要关口，一次小小的选择胜过万语千言，能让尘埃落定。自己的生活和斯瑶想象的相差甚远，自己只愿能够读读古籍，吹吹口琴，饿不着冻不着就行。斯瑶要强，她的存在对自己是一种压迫。即便自己选择和斯瑶结婚，贫贱夫妻百事哀，今后的生活也全是坎坷。与其这样耽误，不如早早挑明。

自己是个没用的人，昨晚准备了一肚子说辞，临了一句也说不出来。随她过去，自己没有决断，被情势挨着挤着，到时候抽身也不可能了。现在离开，斯瑶就算找不到自己肯定也会先上飞机，即便上了飞机心里有什么过不去，这么多乘客和乘务在飞机上，不会出什么事，这么长的航班，心里那口气慢慢顺了也就没事了。

徐缓既觉得自己考虑周到，又为自己歹毒的精明恐惧起来。他不想承认这是自己所盘算的东西，告诉自己这只是感情的自由选择，但他难以说服自己，一时又没了主意。

机场通知安检的广播响了起来，安检口像个漩涡，旅客挨挤着向前涌去。他浑身一颤，就是现在了，他对斯瑶结结巴巴地说，自己要去上个厕所，马上回来。斯瑶睁着眼睛看了他几秒钟，缓缓地点了一下头。徐缓赶紧起身，穿过排队的人群，朝厕所的方向走去，一边掏出手机按了关机键。等他感觉离开斯瑶的视线之后，就拔腿狂奔起来。

八

碎碗冒出的热气慢慢散了，笃笃的敲门声响起来，斯汉看着碎片，并不理会。一会儿，门外传来声音："是我，老蒋。"斯汉连忙应了一声，推着轮椅去开门。

蒋师傅进来，看见碎在地下的碗，说："我看你也和我一样，人老了手就抖得厉害。"顺手拿起笤帚把碎碗给扫干净。他走到小桌前，撂了一块鱼放嘴里，说："嘿，小日子过得不错嘛。"斯汉苦笑。蒋师傅把热好的螃蟹和虾从厨房里端出来，调了一小碗酱汁，把小桌子摆好，两人边喝酒边聊天。

蒋师傅抓抓脸，说起任敏这些年多么不容易，自己家那口子要是有这么贤惠，自己也不用天天急得瞪眼的话来。斯汉知道蒋师傅为什么说这些话，只是不响。蒋师傅看斯汉脸色不好看，嘿嘿一笑，说起自己来了：

"家家有本难念的经，我现在也有一件大事，我那二儿媳妇，要和我小子闹离婚。我算是看明白了，这些年我身边的亲戚朋友的孩子，离婚的有一个算一个，都是在钱这个问题上磨不开的。现在社会不一样啦，咱们那年月结婚，守着一个人就是一辈子，除非实在过不下去，哪有人说离婚。现在的孩子，各种各样的东西都经过见过，早不把离婚当回事了。比国际幼儿园的比国际幼儿园，比出国旅游的比出国旅游。不是说咱嫌弃自己，咱们这种住棚户区的，左不过是儿女身上的负累。二儿媳妇来家的时候，我就觉得她没过过什么节俭日子，是心高的人，明里暗里劝过小的几次，小的哪听得进我们的话，还和我们撂脸子。儿媳妇进了门，嘴上不说，心里嫌我老伴天天三疼两痛，小儿子赚点钱都贴了去，生了孩子了，现在要离，真是作孽哟。"

一番话说得斯汉叹气不止，索性把斯瑶和徐缓的事和蒋师傅说了。蒋师傅若有所思地点点头："老弟啊，说实话，我觉得这个事，有点难，离得太远了，人心似水啊现在。年轻人顾虑咱们这种情况是正常的，我看呀，最好是想个法子让斯瑶把徐缓带回来，到咱们这来看看，交了底，要得要不得就清楚了，免得日后生了别的心，后悔就来不及了。"

蒋师傅刚说完，外面就有人敲门，声音急切："蒋师傅在吗？"蒋师傅扭头问了一句："谁啊？"来人就开了门，探进头说："蒋师傅，你亲家急病住院了，你儿子叫我喊你去呢。"蒋师傅"哎哟"一下跳起来，刚想出门，又想到任敏托自己的事儿，折回来原地打转。斯汉说："老哥，你说的我都知道了，我是个没用的东西，但是老哥的话还是听得懂的，我往后不打人了。"他看蒋师傅还是有顾虑，说："屋里还有一天的吃食，我真吃完了，就给任敏打电话，我们这么多年夫妻，哪还有隔夜仇？你赶紧去吧。"蒋师傅听他这么一说，搓搓手："老弟啊，那我就先去了，儿孙自有儿孙福，莫为儿孙做马牛，孩子的事儿，不用顾虑太多，自己身体要紧。"说着就跟着来人往外走，斯汉在后面喊了一句："老蒋啊，谢谢你。"蒋师傅应了一声，掩上门出去了。

　　夜里，斯汉心神不宁，后半夜迷迷糊糊睡着了之后，被尿憋醒了，感觉屋里凉了下来。他喊任敏去给炉子里添煤，喊了几遍也没响动。他把手往边上一摸，只摸到冰冷的床沿。他坐起来呆了半晌，掀开被子准备去上厕所，拿着手机往地下一照，看见床边有一块碎瓷片在月光下发着幽幽的光。他怕碎瓷片把轮椅的轮胎给扎破了，俯身去拾，但是一往下俯身，就觉得头晕眼花，手指僵直。难道连一个碎片也收拾不了？胃里涌出的酒让他头昏脑热，激起了他的急脾气，斯汉负气地往下一探，没留神往地下倒栽了去，腰部撞在小桌子的边沿，一阵锥心的疼。他支撑着双手想要回到轮椅上，腰却使不上劲儿。他费了半天劲，只能勉强歪斜地在地板上坐起来，靠着床沿。他伸手去床上摸被褥，却先摸到了那几块黄澄澄的奖牌，他把奖牌握在手里，顿了一会儿，把它们丢进了角落。

九

飞机经过一阵轻微的颠簸之后，进入了平流层。斯瑶坐在靠舷窗的位置上，她第一次坐飞机，却无心欣赏窗外漫无边际的云海和极为蔚蓝的天空。她许久才从窗外收回目光，向身边的徐缓轻轻说了句："谢谢你。"

候机时，表哥许星辉打来了电话，斯瑶没接，她害怕自己在他面前哭出来。上飞机前，微信源源不断地发来许星辉的消息，斯瑶一条也不想看，困倦地靠在椅背上。斯汉残疾之后，斯瑶有段时间寄住在姑姑家里。姑姑家的三个孩子，二表哥许星辉对她最好，里里外外的照顾让斯瑶很依赖。上了高中之后，斯瑶才渐渐明白许星辉对她的好里，隐藏着一些男女之情。斯瑶无法接受，对许星辉慢慢地疏远了。高中毕业之后许星辉开了一家修理店，娶妻生子，他常常会在微信上和斯瑶倾诉婚后的重重矛盾。斯瑶知道姑姑斯梅尤其是表哥许星辉对自己家里照顾了许多，也不好对他太冷淡。但是她总觉得这样做隐隐约约是对徐缓的伤害，她一直向他隐藏着这个表哥的存在。

从接到消息开始，斯瑶没有合过眼睛。这么多年来，她对父亲的感情已经非常非常淡漠，在许多母亲和自己被虐待的日子里，脑子也不是没有闪过父亲死了，她和母亲能活得更好的念头。但是当这件事情真的发生了，她还是觉得前所未有的惊慌失措。斯瑶的一个中学同学，因为没有父亲，在学校里受了不少欺负。他曾用脱了皮的嘴唇痴痴地对斯瑶说，宁愿天天挨打，也希望自己有个父亲。当时斯瑶无法理解他的想法，但现在，她也已经是个孤儿了。

自己和徐缓的事情还没有彻底平息，就要徐缓陪着自己回到家里去，一起处理后事、照顾亲友，这相当于默认了徐缓是未来的爱人。自己做好了准备了吗，徐缓是实实在在值得依靠的人吗？这一切已经发生了，来不及想了，只能希望下面一切顺利，但在自己这么困难这么惊慌失措的时候，徐缓一直陪伴在身边，不管以后怎么样，都值得自己的感谢。

徐缓正望着前面座位的头枕出神，那里播放着一部好莱坞的爆米花电影，听到斯瑶的谢谢，他耳朵热了起来，清清嗓子说："我们还说什么谢谢呢。"

　　他从候机大厅里往外跑，一直跑到一个不知道什么区域的洗手间，他扑到洗手台上拿水泼着自己的脸孔，冰冷的水珠顺着脸庞往脖子里流，他拿袖子抹了一把脸。他呆呆地望着镜子里的自己，因为忙乱，头发又黏又腻，耷拉在脑袋上，后脑勺翘起两缕高高的头发，他怎么也无法将它们弄平整。

　　镜子深处走进一位年轻的女子，她的妆容和发型是精心修饰过的，身上不张扬也不低调地发出了幽幽的香气。和徐缓穿着鼓鼓囊囊的羽绒服不同，她里面穿着一件黑色的贴身连衣裙，外面套着一件剪裁合体的大衣。她远远地站在徐缓后面，对着镜子轻轻整理发型和妆容，白皙精致的脸在憔悴的徐缓边上晃动。镜子里她的眼神看见了徐缓偷偷地看自己，回敬了一个富有教养而淡漠的眼神（这层教养并不能掩饰其中的嫌恶），转身离开了。

　　徐缓看着镜中孤单的自己，安检的广播还在上空响着，他看到了一个关上大门的陌生世界——在那个世界里，一切舒适便捷，金钱以惊人的速度迅速地消耗。这个世界对自己的压力，从他踏进这座灯火通明的现代化建筑，触到保安质询的眼神开始就隐隐跃动，在此刻达到了顶峰。面对这另一个世界来的人，他连上去搭话的勇气也没有。这个女人和斯瑶若坐在一起，斯瑶虽然有些姿容，但也会黯淡无光的。自己应该怎么做呢？像她厌弃自己一样厌弃斯瑶？就凭自己？一个毫无音乐天赋和事业前途的社区医生？也许在某种程度上，斯瑶已经是自己所能遇到的最好运气了。

这种压力，徐缓也在斯瑶的手心一定程度地感觉到了，从上飞机开始，他们的手始终攥在一起，一直在搬运行李的时候才短暂地分开，手心里汪了一层黏腻的汗。

暮色里坐上机场大巴，徐缓才想到已经关机一整天了，赶紧打开手机给母亲报个平安。开机之后，嗡嗡嗡地跳出了许多旅游局发来的垃圾短信，徐缓划拉一下不加注意，却发现夹杂在其中有一条来自"斯叔叔"的短信。他惊出了一身汗，脑子里算了一下，关机这么久，大概是期间发来的。转念一想又不对，昨晚斯瑶就接到电话，说她父亲去世了，这短信到底是怎么发来的？又是谁发来的？他想马上删掉，还是没按捺住好奇点开了。短信不长，徐缓逐字读下来：徐缓，我同意你和瑶瑶的事情了。你不要有顾虑，我们也不要你们负担，我们自己有办法，只要你对瑶瑶好就行。

一个可怕的想法涌上来，攫住他的四肢。他看斯瑶望向自己，结结巴巴地问："你、你上次和我说你妈是什么来着，小、小学毕业？""我妈没上过学，不识字的。"斯瑶困倦迷茫地看着他，"怎么了？"

"没什么。"徐缓低下头，用拇指把短信的内容盖住，长时间的按压使短信浮动起来，出现了删除的选项。大巴向前疾驰，钻进了一段地下通道，四周忽然一片漆黑，手机上的光亮成了唯一通向光明的洞穴口，徐缓手指往下一挥，删除了这条短信。

一时铃声大作，灰色人像下面的来电名字是"斯叔叔"，徐缓吓得惊叫一声，手机硬邦邦地掉落在地上，大巴往上钻出隧道，突如其来的斜阳让他的眼睛酸涩，不禁遮住眼睛往后靠在座位上。斯瑶诧异地看了看他，拾起他的电话，按了接听键，冷静地说："妈，我手机没电了，刚下飞机，再过一个钟头我们就到了。"

绕过灰色的高楼，徐缓没想到还有这么一块破旧低矮的棚户区藏在都市的脚跟底下，四处的楼宇把阴影从不同方向投向这里，使得这里只有正午有半个小时的阳光。第一次来到北方的徐缓感觉严寒让自己难以忍受，臃肿的羽绒服现在似乎变成一张薄薄的纸张，他们在棚户区前面的小院里遇见等着他们的任敏，她全身包裹得严严实实，一见到斯瑶眼睛就悲哀地弯曲起来，斯瑶挽着她往回走，徐缓也赶紧跑上前搀着任敏的另一边，任敏的手臂软软地垂在他手上。

一套狭窄的出租屋，简易板材搭建。没有大厅，进门就是卧室，一张大床几乎塞满房间，窄窄的走道里放着一架壳子边缘贴着胶布的电视。顺着过道往里走，尽头摆着一个小小的电炉子，算是厨房。左边是墙，右边第一道门里是仅够转身的卫生间，第二道门里是一个狭小的、放不下桌子的卧室，斯瑶从小就在这长大。房间之间仅仅用木板隔开，除了进门那扇是木门之外，其他地方都挂着洗白了的布帘子。

没有徐缓害怕的灵堂，没有他恐惧的尸体，他什么也不敢问。斯瑶和任敏互相抱着坐在床沿上哀哀地哭了起来，徐缓只觉得耳膜里有东西尖锐地响，他也闹不清楚现在到底是幻是真，他坐在床的另一边，用手掌抚着额头，闭上眼睛，仿佛这样可以使他暂时从这里脱身而出。

哭了一会儿，任敏去给他们做吃的，徐缓向斯瑶要了一张白纸，把刚取出来的三千块钱包上，写上名字，到厨房里递给任敏。任敏推辞了一会儿，还是收下了。夜宵吃得毫无滋味，斯瑶给他打来热水洗了手脚，任敏让他们早睡，明天天不亮就得起来。睡觉前，徐缓问斯瑶："你爸爸是怎么去世的？"斯瑶说："我爸心脏一直不好，之前就有几次毛病，这次是心脏病突发去世的。"徐缓哦了一声，斯瑶说："怎么了，你怎么想？"徐缓慌张地说："想什么，我什么都没想，我只为你爸爸可惜。"斯瑶说："快睡吧，明早要送他去了。"

十

小雪天，斯梅的三个儿女都带着孩子回老家热热闹闹吃了一顿，斯梅心里高兴，但想着弟弟，心里还是叹了一口气。第二天一大早，她就让儿子许星辉打电话给小舅舅，看他有什么需要的没有。

许星辉和老婆陈思雨早上因为孩子在房里吵了一架，气鼓鼓地穿着睡衣就到了厨房里。斯梅朝房间里白了一眼，让儿子赶紧打个电话。

许星辉把号码拨过去，却传出"您所拨打的号码已停机"。他想了想，往小舅的手机号里充了五十块钱。半个小时后，他再打过去，响了一分来钟也没人接，他朝屋里喊："妈，小舅没接电话，是不是还在睡觉啊。"屋里传出声音："你小舅每天都早起的，你赶紧再给我打，我还有好些东西要捎给他。"许星辉这次终于打通了，接电话的是任敏，他说："妗子，小舅呢，怎么打了半天没人接呀。"任敏呜呜咽咽地说："星辉，你小舅，他，他没了！"许星辉喊了起来："什么没了？怎么会没了？什么时候的事？"斯梅在屋子里说："你打电话就打电话，喊什么？"

任敏撩开头发，看着额头上歪歪扭扭的卫生棉线。这些本质洁白，但已被污血浸透成紫红色的棉线，随着任敏脸部肌肉的牵动拉扯着她的皮肤和潜藏其下的筋和肉。任敏并不困扰于这皮肉缝补的痛楚，即便回到她的额头被斯汉掷出的碗击中，鲜血汩汩直下的瞬间，她也没有感到撕裂的疼痛，而是满心为即将花费的医药费焦急。好在桥下诊所的医生是个厚道人，他观察任敏的衣着，结算的时候给她减免了一些，这让任敏千恩万谢——她不敢到熟识的那家诊所去看，她想留些脸面，为斯汉，也为她自己。

摸了摸已经凝固的细长血块，任敏放下头发，匆匆从卫生间里出来。今天是小雪，早上广播里主持人喜气洋洋地介绍节气，任敏坐在病床前，想起了斯汉，更想起斯瑶。上次和斯汉大吵一架之后，斯瑶也不接自己的电话了，这次赌气出来两天，不知道斯汉在家里怎么样了。下午伺候病人睡下之后，她准备回家看看。

走到半途的时候，斯瑶来了电话，任敏接起电话就听见她高兴的声音，她成功地找到一份广告公司的工作，还高兴地说晚上徐缓的妈妈会给他们煮羊肉吃。挂了电话，任敏拐到菜市场，买便宜的羊肉要到城东去，任敏舍不得坐公交，她在菜摊前仔细挑选了一块不大的羊肉，往小院里来。

到小院里的时候，天已经快黑了。屋里一点亮光也没有，她心里咚咚跳着，一推门，锁着。她拿出钥匙来开了门，迈进一只脚去，屋子里凉飕飕的，炉子不知道熄了多久。她把灯摁亮，一眼就看见斯汉面如死灰的歪斜在床边，酒瓶碎了一地，小桌上摆着两瓶打开的药片，一瓶倒在桌上，白色的药丸撒得到处都是。任敏想开口叫唤，却哑了，倒是胸腔里发了一声。她往前跑，被绊了一下跪倒在地上，膝盖被碎片划出了血，她爬到斯汉面前，抓起他的手。这曾经无数次落在她身上的粗大拳头，现在已经僵硬冰冷。

四邻听到哭声前来帮忙，他们问任敏怎么回事，任敏抽抽噎噎一句答不上来。男人们找来一辆板车，用被单包裹着，把任敏和斯汉送到了附近的一家小医院。值班的铃足足响了十分钟才有一个穿着黑乎乎白大褂的男子出来，他掀开被单一看，说："死了一天了。"他环顾四周："家属在哪呢？人拉到医院来是要干吗？我们这两天可没接过这个病人。"大家默不作声，望向任敏。"是来查死因的吗？要验尸得解剖。"值班医生看了任敏一眼,"先交五千块押金。"任敏摇了摇头,想说点什么,眼泪已经下来了。医生想了想说:"人怎么过世的?""心脏,"任敏全身哆嗦,"心脏病闹得。""哦,"医生点了点头,"那就行了,是要把尸体存在冰柜里吗?"任敏抬起头来左右看,仿佛没有听懂这句话的意思。一个年长的邻居上来说:"既然来医院了,就先存在太平间里吧,搬来搬去也不得安宁啊。"他做个手势,四周的邻居走上来,有掏几十的,有掏几百的,凑了千把块钱交到任敏手里,她鞠躬谢过了。

十一

纷纷而下的雪花拍打在脸上的冰凉不能减去徐缓的困意,经过一盏又一盏清冷的路灯,凌晨四点的大街上,他跟在任敏和斯瑶后面深一脚浅一脚地走着。他们在一幢老式建筑前停下了脚步,任敏上前去敲了敲生锈的铁门,一个头发稀疏杂乱、眼睛发红的老头子探出头来。

一走进去,徐缓就看见靠着墙的一排大冰柜。曾在临床医学解剖了两年尸体的他对这些设备再熟悉不过了,消毒水、解剖刀、银灰色的冰柜、一次性手套,相互追逐、组合成为纠缠他两年的噩梦,在大病一场离开临床医学转到中药学之前，他对医学的最后一点兴趣也被摧毁了。长期的心理压抑使他对尸体产生一种复杂的感觉，一方面他畏惧这一坨僵死灰白的肉，另一方面，他在独自解剖尸体的时候，总是产生一种咬下一块尸体并咽下去的冲动。有一次独自无人，他终于在好奇心的驱使下俯下身去。当他的嘴唇刚刚碰到尸体灰白小臂的时候，一股难以抑制的尸臭让他剧烈呕吐起来……生病的那段时间，他反反复复梦见大家围坐在脏兮兮的桌前，桌上摆放着各种污血凝固的尸块，仿佛不嚼着死人的皮肉，就难以活下去似的。当他抚摸着斯瑶的乳房，亢奋地在她体内探索的时候，他往往会不可抑制地想到这年轻的肉身变得冰冷干枯的样子。他因无法说出自己的感觉而沉默。

任敏回过头来，拉着斯瑶往冰柜那去："来，看爸爸最后一眼。"斯瑶因为恐惧而往后挣扎，口里喃喃说着："我不，我不要看。"任敏着急了，她边哭边拉扯斯瑶："这可是你爸呀，你爸临死前没看上你一眼，还以为你在生他的气呢，你就忍心他一个人孤零零地躺在那里？"斯瑶更加惶恐，她干脆捂着脸蹲在地下。任敏向上提着她的衣服，提不动，嘤嘤地哭了起来，拉扯让她的额发缭乱，在冰冷的灯下露出的伤疤愈发狰狞。值班的老头不耐烦地搔起了鬓角，打了一个哈欠。

徐缓慌忙走上前："阿姨，您不要太着急了，斯瑶是女孩子，害怕也是有的，我和她说吧。"他蹲下来，挽起斯瑶的手臂，把她的手捏在手掌里，和软地说："斯瑶，不害怕，这是你爸，会保佑咱们的。"斯瑶摇了摇头。徐缓顿了一下，说："我陪你一起看吧，你爸，你爸也就是我爸，我也是从小没爸的人。"为了能让斯瑶消除害怕，徐缓不经意说起来心底的伤心事，声音哽咽了起来。斯瑶听到他声音颤抖，抬起头来，拿袖子擦了擦徐缓的脸，点了点头。徐缓向管理员转过脸去："大爷，麻烦您了。"

冰柜在一阵寒气缭绕里打开，任敏上前去小心地揭开了白布的一角，捂着脸哭了起来。斯瑶被徐缓挽着往前走，当她看见尸体的时候，眼泪和鼻涕从她的脸上喷发出来，她大喊了一声"爸"，腿一软，跪在地上。徐缓抽了抽鼻子，一边艰难地挽着斯瑶，一边递过去两张纸巾。徐缓的眼光直直地贴在对面墙肮脏的斑点上，他不断调整自己的情绪和呼吸，把目光一点点往下落。他的目光逐渐越过白布，日光灯照射下的尸体青灰色面容慢慢进入他的视野，看到尸体面容的一刹那，他电光石火般收回目光，心里一沉，两年丰富的解剖经验，让他不需要看第二眼。

他转过头，不安地看向任敏，她边抹着眼泪边打电话，斯汉生前用的手机漆面斑驳，在灯下闪着黯淡的光。

一辆破旧的金杯车，后面两排的座椅被拆掉，黑乎乎的地板上丢着几个小凳子。司机和搬运工麻利地把尸体扎进尸袋里。徐缓小心地扶着任敏和斯瑶上了车，三个人屈起身子坐在车厢的小板凳上。斯汉身材高大，搬运工只得把他斜着放在地板上，白色尸袋的头抵着副驾驶的底座，脚搭在尾门上。后车厢残留着一股似乎是冰带鱼的臭味，狭窄的空间让徐缓他们不时会触碰尸体，徐缓搂着斯瑶往后靠，把身体紧贴在凹凸不平的铁皮上，尽量保持距离，让生者和死者都维系一些尊严。

老旧的车暖气供应不足，任敏和斯瑶把自己裹得严严实实的，徐缓一边轻微地跺脚，一边望向窗外，希望通过转移注意力来抵御寒冷。原野上覆盖了雪，熹微的天光把周围照得很亮，轮胎在雪地里咯咯响着。他是一向信奉"死去何所道，托体同山阿"的，以为人死了，连棺椁也不必用，和自然融在一起也就自在了。现在他才知道这种潇洒之下，或许是人生潦草的一言难尽。

院子里的狗吐着白气没头没脑地撞在一起，等待的间隙里，任敏在大厅的角落挑选骨灰盒，她走过紫檀木、大理石的骨灰盒柜台，往下一直看过去，她看见徐缓在后面似有似无地看着自己，又往回走了走，徐缓赶紧收回目光。挑好骨灰盒之后，任敏拿出徐缓给的那包钱，小心翼翼地数了钱，工作人员大声地吆喝他们的名字。

火化厅的穹顶很高，上面充满烟熏和污渍，在他们前面，一支送葬队伍正在等待尸体推送到火炉里，一个年轻女人号哭地挣挫在地，不管不顾地要朝火化炉那头扑过去，抓住她刚死的丈夫。她的哭声凄厉，任敏和斯瑶站在一边不禁又抽泣了起来，徐缓走过去，轻轻地搂住了斯瑶，一会儿，又扶住任敏，让放声大哭的她倚在自己身上。

搬运工在将尸体摆上火化炉的传送带，任敏拉着斯瑶跪在灰扑扑的地上，斯瑶干哑的嗓子里叫出了几声爸爸。徐缓去扶她们，她们纹丝不动，手臂任凭他的拉拽，毫无意识地摆荡着。徐缓孤零零地站了一会儿，也慢慢地跪了下去，眼睛望着透过缝隙传出来的熊熊火光。

十二

一条河流在小岗边穿过，河面已经冻结。冰层下的水，冒出几个透明的泡泡，不缓不急地朝前流动。四周寂无声息，挂着白霜的太阳从枯草里发出蒙蒙的光亮，旷野里忽然响起了由远及近的沙沙声，两只狗追逐着从田野里窜出来，在冰面上咬成一团，爪子划过冰面，发出格格的响声，乱糟糟的毛上沾满了冰碴子。很快，两只狗追逐着彼此嘴里的热气从冰面上离开，窜入厚厚的雪堆里，仿佛从来没有出现过。

厚实的唢呐声响起，冻结的空气微微颤动。停了一宿的雪又开始下了，小小的，薄薄的，不经意地飘落到这只短小的送葬队伍上，斯瑶手捧着骨灰盒，身着重孝和任敏走在队伍的前面，徐缓臂上挽着黑纱，跟在后边，斯梅、许星辉还有几个近亲，在队伍的最后方。一个裹着厚厚绑腿的男人在队伍前头吹着唢呐，队伍在寂静的天地里朝田野深处走去。

太阳升高，红而亮，将周身冻得麻木的徐缓晒得周身发痒。向阳的道路上，雪渐渐融化渗入坚硬的土地，道路变得泥泞，潮湿的泥土将垂地的麻布沾染得无比肮脏。徐缓深一脚浅一脚地在泥泞里走着，好几次差点儿滑倒。他的脚底感受着地面的滑腻，脸庞接受着太阳的光热，不知怎么忽然想到女人身上那湿滑温润的所在，斯瑶的、她的，还有他曾沉浸其中的……他恐惧于自己不合时宜的想法，一边交替踱着脚，把烂泥溅到裤管上，一边用力揪着自己的头发，队伍里有人回头过来悄悄看他，叹一口气，又转过头去。他慢慢地落在队伍后面，掏出手机，毫不停歇地删掉一些隐藏在手机和网络深处的消息、文字、照片。他不无锥心地记起，在他最终决定踏上飞机的时候，他的行李中不曾遗漏一幅极其隐秘的地图，这幅地图潜藏在他大脑褶皱的最深处，发出持续不断的提示音：她嫁到离这儿不远的一个小城里。

冻得发亮的锄头和铁锹一下一下啃咬着潮湿的地面，村庄的坟地里，一个泥坑很快被开掘了出来，周围许多已被枯草覆盖、碑文漫漶的坟墓静静地看着这一切。斯梅一边哭着，一边往填满石灰的坑里洒五谷，嘴里念念有词。任敏接过骨灰盒，放进一口薄薄的棺材，她扶着棺材哭了一会儿，从一个袋子里拿出几枚陈旧的黄铜奖章，小心翼翼地铺整在棺材里。过了一会儿，她从怀里掏出那只已经掉了漆的诺基亚手机。

她看了一眼斯瑶，叹了口气，这是斯汉生前用过唯一的"奢侈品"。这部手机从装配流水线上生产出来的时候，还是光鲜明艳的。斯瑶用中学打暑期工的钱给斯汉买了这个生日礼物。但连这部手机自己也没有想到，在适配电池都停止生产的年代里，还有顾客在执着地使用着它。斯瑶接过手机，手心的热度烘暖着它，买来时贴在背面现在看来可笑的向日葵贴纸，还紧紧地贴在上面，已经磨灭得不成样子。她小心翼翼地拆下了电池，把它们一齐放进了棺材里。

长钉一下一下地敲在棺材板上，黑而粗的长钉显得棺材板过于单薄，徐缓担心长钉的下端随时会毫无善意地拱破木材。唢呐师傅的技巧显然远在徐缓的想象之上，他精确而轻巧地把握着长钉的方向，像在钢丝上行走的人，让薄薄的棺板和棺身牢固咬合又不失体面。随着长钉完整地钉入，徐缓心里的担心也一点点地消失了，他长长地出了一口气，但随之而来的却是空虚和茫然。寒风吹来，他觉得自己赤身裸体地站在大地上，他看着已经融化而肮脏的雪地上混乱的足迹，不知道自己是怎么走到这来的，也不知道接下来该走到哪儿去。

封土的间隙，手机在口袋里呜呜地响起来，徐缓走向一边的小沟渠。水沟里的小股水流在阳光下已经化开，轻快地流着，闪着光。短信是她发来的，问他到哪了，来做什么，要不要见面。徐缓把短信删掉，在水沟边蹲了下来，出神地凝望着水流在冰窝里旋转出"嗬嗬嗬"的声音。

一块阴影覆盖住他，他抬头一看，许星辉站在水沟边上，宽大的身躯挡住了阳光，手指里夹着一根中华，直对着他，逆光的脸看不出表情。

他眯着眼睛站起来，许星辉晃了晃香烟，徐缓摆摆手说自己不抽烟。许星辉示意他蹲下，自己也蹲了下来，点上一支烟，深吸了一下，慢慢吐出一口。

"我是瑶瑶的表哥，许星辉。"

"表哥好。"徐缓心里不大痛快地打量着许星辉方阔的脸，觉得似乎在哪见过，却又想不起来。

"听瑶瑶说你是医生？"

"嗯，"徐缓的脸一下热了起来，"是，是做医生。"他把眼睛挪向田野，怕被细问。

沉默了半晌，没有新的话题，许星辉忽然又问："这边的天气冷，不习惯吧。"

"还行，是有些冷，慢慢也就习惯了。"

"这两天你受累了，陪着没天没宿的。"

新坟那边开始烧纸，许星辉站起来朝那边看了一会儿，继续蹲下来，眼睛看着手里的香烟："我小舅一辈子不容易啊。"

"嗯，是，我起初也不敢相信。"

"我小舅年轻的时候你没见过，是个运动员，又高又大，拿过不少奖，听我妈说那个时候好多女生追求他，他看你阿姨是个实心眼的人，最后娶了她。斯瑶很小的时候，我小舅出了车祸，腿被轧断了，司机跑了，那时候不像现在，人也没找着，钱也没赔上。小舅没了工作，只能天天在家里闷坐着，以前练体育又落下一身病。小舅妈为了维持这个家，什么苦活累活都干过。小舅心里一直很苦，爱喝酒，喝酒了就打人，打小舅妈，打斯瑶，他们这个家的苦，我是很了解的。"

"不管怎么说，打人是不对的，心里苦不是打人的理由。"

"你说得很对，但我们这边，特别是我们这样没什么文化的，觉得靠着女人比死了还难受。小舅一直是想让我小舅妈再嫁算了，但我舅妈是个好人啊，真是个特别特别好的人，我小舅又不可能主动说这个事。他打斯瑶，也是怕以后斯瑶受苦，所以管得太严。唉，说句实在话，"许星辉朝坟墓那边望了一眼，"他死了，是个解脱，对大家都是解脱。"

徐缓不敢接话。许星辉又点起一支烟。

"你去医院见过小舅最后一面了吗？"

"我陪斯瑶一起去的。"

"他去世前有没有和你联系过？"

徐缓感觉有些悚然，他摇摇头："没有，我都是和阿姨联系。"

"嗯，你不要有心理压力。"

徐缓没想到这句石破天惊的话居然被如此轻描淡写地说出来，他声音沙哑地说："我不明白。"

许星辉侧着头看了他一眼："你是医生，应该知道的。"

　　徐缓急得忽一下站起来："表哥，我觉得这中间有什么误会，我学中医的，只知道中药的事情，不是你想象的那样。"

　　许星辉笑着站起来，说："你不要着急，我乡下人没见识，不管怎么说，你们没有结婚，你只是斯瑶的男朋友，肯陪她千里迢迢过来，我们全家人都只有感激，哪里有别的意思。"

　　徐缓感觉有些失言，慢慢蹲下去。

　　"是这样的，小舅去世以后，我和我妈感觉有些蹊跷，我到小舅的住处去的时候，在地下发现一张诊断书。"

　　徐缓抬起头来。

　　"小舅妈不识字，拿这个来垫桌脚。我问她小舅最近有没有去过医院，她说没有，我猜是小舅偷偷找人帮忙去医院检查的。小舅得了不好的病。你一直陪他们料理，他们家的情况你也清楚的。我觉得小舅可能是自己要走的。"

　　徐缓缓缓吐出一口气："其实没有必要……"

　　许星辉摆摆手，不让他说下去："斯瑶现在也许并不特别难过，这我能理解，但总有一天，她会难过的，而且那个时候的难过要更痛。"

　　"你也许误会斯瑶了。"

许星辉摇摇头，把烟头按在潮湿的土里："我们一起长大的，我比你更了解她……你们下面准备怎么弄？回到你那边，还是你看看来这发展，或者……"

徐缓眨了几下眼睛："边走边看吧，两个人一块，总能想出办法来的。"

许星辉点点头："羡慕你们读过大学的，自由自在的，像我们这样的人，早早出来闯，随便结了婚，哪有什么爱情呢？"

"话也不能这么说……"

"嗯，你们也就没什么顾虑了，以后的路会轻松得多。"

徐缓的心忽然揪了起来，他想过的只有两个人之间的爱和生活，其他人没有考虑过。这种思考的存在仿佛提醒着他，也狠狠侮辱着他。他激动地说："什么顾虑？我从来也没有想过这个问题，顾虑什么呢？"

许星辉愣了一下："就是过日子的顾虑。"

"没有，没有！我没有顾虑这些，不管别人怎么样，我和斯瑶……这没关系！"

许星辉诧异于徐缓的激动，他把双手往下压："你别激动，是我说错了。不过老弟，过日子就是过日子，谁也逃不过这个，可能以后你就懂了。"

两人沉默了一阵。

"我得先过去，留个电话吧，以后常联络。"许星辉掏出手机，徐缓瞥了一眼他的手机屏幕，上面是一个抱着小孩的女人，忽然愣在那里。许星辉看他呆在那，说："怎么了？"徐缓说："没什么，只是我刚才想起个事情来。你不用记，我拨给你吧表哥。"徐缓掏出手机输入许星辉报过来的号码，手指好几次没按对，许星辉说："你看嘛，还说不冷。"

徐缓在沟渠上走来走去，咬着手指甲，希望四处光秃秃的林子能给他一些提示，但这些林子除了微微摆动末梢，没有任何表示。

郑小娥来了电话，问天气冷不冷，事情处理得怎么样了，几时回去？徐缓声音低沉地囫囵答了。郑小娥说："都处理好了就行，好好安慰斯瑶，以后好好过日子就行。"徐缓不高兴地说："什么好好的，又过什么日子？"郑小娥笑着说："你和斯瑶啊，你不这么想，跑那么大老远做什么，难道你还把人丢在那里？再说现在压力也轻了……"徐缓大吼："什么压力？什么日子？你们都说的些什么东西，过这些鬼日子一辈子还没过够吗？！"

许星辉坐进车里，一动不动呆了十五分钟，掏出手机发了一条短信：放心吧，我已经和他说了。发完短信他木木地坐着，忽然用力拿手去砸方向盘，车被残酷虐打得呜呜乱鸣笛，他看了看浮出几道紫色淤血的手指，发动了汽车。

十三

徐缓走到院外的树下，看着院外笔直然而稍显泥泞的道路。建在平原上的村庄在广阔的田野边缘找到自己的栖息地，如同一片雪花和另一片雪花，仅有着难以辨识的细微差别。横平竖直的一排排农家院，庄稼地，小沟渠，模仿着彼此的姿势和过去，毫不排斥混同。坐在许星辉的车上，徐缓往外看着漫无边际的庄稼地高高低低地将夕阳抛起接落，他已经完全回忆不起昨天斯汉埋葬在哪里。他一会儿就能看见一片低矮的坟场，遮掩在稀疏的白杨林里，一只羸弱的马在树下甩着尾巴，斯汉的灵魂埋葬在这里，会迷路吗？他看了一眼坐在旁边的斯瑶，她倚靠头枕上，双眼望着前挡风玻璃，看见徐缓看着她，拿手在他膝盖上轻轻拍了一下，把自己的手和他的手握在一起。斯瑶仿佛没有应有的伤悲，也许是他观察不到，不管怎样，徐缓已经有了一种迷路的怅惘。

对面的柿子树下走来一个人，徐缓心咚咚跳着，转身就走。陈思雨在后面喊了一句："等一下。"徐缓继续走，陈思雨站住了说："你走就没事了吗？"

徐缓掉过头来："我求求你，别嚷行吗？"

陈思雨瞪着眼睛看着他，忽然一笑。"真该把你刚才那样子拍下来。"她歪起脑袋说，"不叫声嫂子吗？"

徐缓把手插进口袋里，脚后跟暗暗在泥土里碾来碾去。

陈思雨遮着嘴笑起来："好了好了，你别怕。许星辉去接他姨了，斯瑶陪我婆婆看老姑奶奶去了。没人来吃了你。"

"我真的没想到。"徐缓喃喃地说。

"你还说呢，刚才在小院里，斯瑶给我们相互介绍的时候，你没看到你那个样子，要不是我先说了几句笑话，还不知怎么收场呢。"

"别说了。"

"咱们认识几年了？"

徐缓不答。

"你不说就我说了，也有四五年了，还在斯瑶之前呢。"

徐缓抬起了头："你是不是有点失望。"

"失望什么？对你没有那么潇洒失望？人嘴两张皮，说什么也行，再说你是什么样的人，和我毫无关系。"

"不是说这个。"徐缓咬了咬牙。

"那是什么？我不知道你用的是第几个小号，你也不知道我用的是第几个小号，反正除了在手机里相互需要那么一会儿之外，我和你不过是假的人、空的人。你到底怕什么？你当真了吗？哎哟，千万别，我可没有这种福气。你不会傻到想娶我，我不会傻到想嫁给你。"

"你是不是还和许多人聊？"

"聊什么？"

"就是聊那个，和我一样聊？"

"是呀，不光聊，我一个月还要出去见网友十次，从床上做到床下呢。"

一阵沉默。

"我想和你商量个事儿。我想对斯瑶负责，我不想因为我的错……"

"你担心我，为什么不是我担心你呢？小宝已经要上幼儿园了，谁才乱不起，离不起？"

一阵寂静，积雪沙沙地从柿子树上坠下来。

"以后还是好好过吧。"

"这话以后你别说了，你说着不像。"陈思雨轻笑了一声。"带斯瑶回去吧，以后你们在南方生活，咱们几年也见不着一次，什么也挨不上。而且……"陈思雨犹豫了一下，"而且斯瑶也怕见到许星辉，这个你以后慢慢会知道。"

徐缓愣在那里。

"好了，话说清楚就行了。"陈思雨嫣然一笑，"我打猎去了，拜拜。"

"你等一下。"徐缓背过身去，从羽绒服内衬里拿出钱包，小心地数了两遍，三千块。他转身递给她："喏，谢谢你。"

"哟，不用了，就当是嫂子的见面礼吧。"她停了一下，又笑起来，"说起来，还是临别赠礼呢，一举两得。"

"别瞎开玩笑了。"

"得了。"她把钱接在手里，转身攀扯着一根柿子树的枝条，停了一会儿，还是笑笑走了。

徐缓站在那里看着柿子树的背阴处，阳光还没有光临那里，叶子上堆着疏松的白雪，他想了会儿，拨了电话。

"王主任，我还有些事没处理完，要多待几天。"

"好好，你家瑶瑶没事儿吧，你要多宽慰宽慰她。"

"没事儿了，我们都挺好的。"

"那就好，事情处理完了再回来。"

"王主任，那个，我，谢谢你。"

"嗨，说什么呢，见外了。对了，我正想告诉你，有个好机会来了，我看，正是为你准备的，不过不着急，你回来了我慢慢告诉你。"

"主任，我觉得我还是好好工作好了，不瞎想了。"

"嘿你小子，那你以为我和你说什么来着？难道我还让你去捞偏门，就是工作的事儿。"

"嗯嗯，主任，不管好不好，我都跟你好好干。真的，真的谢谢了。"

"哎哟，好好一大小伙子，说话怎么婆婆妈妈的，多大点事儿。不过我跟你说啊，你那口琴给我好好练着啊。"

"主任，我说了不干那个了。"

"瞎扯什么，马上要元旦晚会了，你们这些小年轻是主力，这个大梁，嘿嘿，你给得我挑起来。"

十四

何总听说任敏未来的女婿也来了，徐缓临走之前，执意要请他吃饭，不仅如此，还把自己一家人也叫上。母亲的病又重了一些，何总想让任敏知道，自己没有把她当下人，而是当成家里的一分子。

西餐厅里，服务员摆好餐具，晶晶穿着黑色大衣姗姗来迟，她一进门边把平板电脑和耳机摘下来，边对何总嚷嚷："妈，赶紧给我买个新车，这车太大了，我停车烦死了。"何总笑说："回去再说，这是你任敏阿姨、斯瑶姐姐、徐缓哥哥。"晶晶把包一放，拢了拢额前的头发，响亮地打招呼："任敏阿姨好，斯瑶姐姐好，徐缓哥哥好。"

晶晶在对面坐下来，徐缓看过去，忽然感觉她的妆容、发型和衣着和那天机场镜子里的女人非常相似，他的心突突狂跳起来，怕对方的眼睛扫过来认出自己。晶晶坐好之后，朝对面迅速地扫了一眼，没有在徐缓这里做任何停留。徐缓这时才看清，晶晶的嘴角上面长着一颗美人痣，这和那天机场遇见的那个女人完全不同。但她们的顾盼动作，却又那样相似。

大家寒暄了一阵，开始点菜。

等待上菜的间隙，徐缓略略点头，微笑地向对面说："我去上个洗手间。"何总在谈笑，晶晶在看手机，只有何总的丈夫伸出手来，做了一个请的姿势。

在洗手间里，徐缓紧张地搜索着吃牛排的餐桌礼仪和刀叉使用要领，卫生间里的 Wi-Fi 信号不大好，他用流量断断续续看了两个视频，才略显轻快地走出洗手间。

餐桌上，斯瑶有点嗔怪地朝他使了一个眼色，责怪他去得太久。徐缓并不在意，他按照刚才学的样式别扭夸张地吃起了牛排，一边纠正斯瑶吃牛排的动作，一边眼睛瞟来瞟去。斯瑶被他说得不耐烦了，当啷一声把刀叉一放，说："我不吃了。"徐缓被刀叉的声音吓了一跳，脸红着嘟囔这是怎么了。斯瑶说："拿筷子来得了，我不想用这个。"徐缓看何总和晶晶抿着嘴笑了一下，朝对面说："不好意思呀。"

何总的丈夫笑着说："哪有什么不好意思，我也用不惯这劳什子，动刀动枪的，服务员，拿两双筷子过来，我也用筷子吃。"

他的话让大家都笑了，饭桌活跃起来，他们相互举杯。

何总的丈夫对斯瑶说："徐缓这个小伙子不错，一表人才，落落大方，我羡慕你们啊。"

任敏说："哪里的话，上次见到你家晶晶的男朋友，那才是高大英俊呢，我们怎么比得上。"

"哼，绣花枕头。"晶晶拨拉着盘子冒出一句。何总笑着说："他们年轻人啊，真是搞不懂，本来好得不得了，才几天就分手了，我只能随他们去了。"

"这山望着那山高嘛。"何总的丈夫意味深长地笑了，"现在年轻人个个都有精英范，最好的教育，最好的平台，就是不懂得满足，好高骛远。我看呀，还是徐缓这样的年轻人好。"

徐缓自知插不上话，只能笑笑。

"对了，"何总说，"听任敏大姐说徐缓是做医生的，做医生好呀，在发达国家最受人尊敬，收入也高。晶晶那个前男友也是学医来着，是什么堡大学来着？"

"爱——丁——堡——大——学——"晶晶懒洋洋地把声音拖得很长。

"应该还是不错的大学。"何总点点头，看向对面，"徐缓比瑶瑶大三岁刚工作，应该是研究生毕业吧。"

"嗯嗯。"徐缓赶紧含糊地点点头。

"蛮好，那蛮好的，任敏大姐，你是熬出头了哟。"何总笑着向任敏举起了红酒杯。

"徐缓在医院很受器重呢。"斯瑶自然地挽住徐缓的手臂，"他们主任可喜欢他了，路上碰见我老夸他。"

"是吗，"何总的丈夫笑着倒了杯酒，"年轻有为啊。"徐缓没想到斯瑶会这样说，脸一下又红了起来，羞涩地笑了。

"可不是吗，上次医院来了一个病人，听说是设备还是什么暂时缺了，徐缓三下两下就拿起手边的东西，好像是水杯呀什么的，当场给做了一个，哈，把他们主任都给惊呆了。是不是啊徐缓，你是做了个什么来着？"

徐缓摆摆手："嗨呀，别瞎说了，就是一点小聪明而已，算不得什么的。"

何总左右手相互抚摸了一下，高兴地说："好呀，年轻有为，斯瑶可有福了。"

"你们看他不爱说话，他可是个文艺青年，他读了很多古书，还很懂音乐。"斯瑶兴致勃勃。

"晶晶以前学了十年的小提琴呢，拿过许多奖，不过现在怎么不拉了呀。晶晶？"何总看过去，晶晶早就把自己埋在座位里玩手机，一点也不管眼前发生了什么。

何总自嘲地笑笑，转过来对徐缓说："你平时演奏什么乐器？"徐缓心里很不是滋味，含含糊糊地说："没有什么，都是瞎玩儿的。"

"他吹口琴，吹得可好了，一直是大学社团的主力，还出去表演过是不是。"斯瑶摇着他的手臂。徐缓有些手足无措了："都是些瞎玩的东西，登不上大雅之堂。"

"怎么会呢，你吹得可好了，你带了口琴没有，吹一曲呗？""好呀好呀，"何总和她的丈夫鼓着掌，"我们有耳福了。"斯瑶高兴地去摸徐缓的衣服，徐缓暗中把她的手推回去，有点愠怒地小声说："干什么呀！"抬起头对何总他们不好意思地笑笑："没带呢，吹得不好，不敢献丑。"

对面相互看了一眼，会心地笑笑，说："我们没这福，下次聆听了。"

大厅里忽然响起掌声，一位身着黑色燕尾服的男子向大家鞠躬，在钢琴前坐了下来。他弹奏的是肖斯塔科维奇的《第二钢琴协奏曲》，大家侧过头去，徐缓把手平放在桌上，静静地倾听。

十五

火车的声响比其他的声响来得都要温柔和协调，尤其在此刻——车厢的灯已经熄灭，窗帘也已经拉上，只有远处不知什么地方的强光偶尔会透过窗帘的空隙快速扫进车厢里，扫过暖水杯、碗面、小折凳、巡夜的列车员闪闪发亮的肩牌，还有徐缓沉思的脸。四周除了铁轨和钢轮碰撞的声音，一切寂然。总是在行走，徐缓出神地凝望上铺铺板单调近乎空白的图案，火车总是在行走，飞机也总是在行走，谁也不能叫它们停下来。

手机忽然被点亮，他抬手看了一眼，把头向右边扭过去。斯瑶从被子里露出脸来，用唇语对他说："我、害、怕……睡、不、着。"

徐缓小心地挪着身子，像一只猿猴或是蜘蛛，从这边的树梢荡到另一棵大树上，挤进斯瑶的被窝。斯瑶笑嘻嘻把手插进他的腰部，好凉，他嘶地吸了一口气，斯瑶把脸贴到他胸前。中铺狭小，以至于徐缓和斯瑶身体的每一部分都紧紧贴在一起，他越过斯瑶的发梢，目光顺着窗帘的缝隙延伸出去。

走出西餐厅，徐缓入水一般扎进寒冷的夜空，扑入眼中的歪斜毫无设计感的招牌、马路上乌黑的尾气和冰雪残渣、近乎污染的各色灯光，已倒映不出餐厅的光滑的地板、闪亮的餐具、安静的钢琴声，带他重新坠入低分辨率的世界里。

他正愣神，斯瑶笑嘻嘻地用手捧了捧他的脸，伸手到他怀里灵巧地掏来掏去，温柔的抓挠让徐缓身体微微膨胀。她嬉笑地把口琴掏出来，指着说："我说怎么可能呢，你的宝贝随身都带着，你就骗人吧。"

徐缓红着脸。

斯瑶刮刮他的鼻子："我知道你的心思，'酒逢知己饮，诗向会人吟'，是这两句吧，还是你教我的，你怎么会见谁都吹口琴呢？是吧，臭脾气。"

徐缓笑笑。

"好了，"斯瑶往前一蹦，转身把口琴递给他，"我宣布，你可以吹了，大声地吹吧。"

徐缓笑着把口琴接过来，贴在唇下，吹起了《莫斯科郊外的晚上》。出乎意料，这次吹得无比顺利，斯瑶倚在他的手臂上，边走边细细听着，他们走过脏兮兮铺满了塑料袋和包装纸的馄饨铺，走过散出滚滚浓烟和膻味的烤羊肉串摊子，走过卖盗版手套丝袜运动裤的棚子，不断有路人转过头来看他们，但很快又被人流挤压到其他地方去了。徐缓觉得这是他有生以来吹得最好的一次，他似乎找到了那星空下一片干冷的草原，那他希望可以去到的，遥远寒冷辽阔的草原。

"不过你这件毛衣下次不要穿了，怪难看的。走，我们去买几个果子吧。"斯瑶拉着他的手咯咯地笑着，带他到街的那边去。

斯瑶的呼吸变得平顺了，半梦半醒间，她搭在徐缓腰上的手慢慢地下移，去触碰那些隐秘的地方，这是他们之间心照不宣的游戏。徐缓手缓缓下探，拿住了斯瑶的手，握在手中，慢慢地提起来，把它贴在胸前。通过自己和斯瑶手的传递，他似乎能更明晰地感受到心脏的跳动。窗帘的缝隙间，徐缓看见天空由漆黑慢慢漾为蓝黑的墨水色，他执着地去数从铁轨旁边掠过的冻得僵直的电线杆子，但不久，他就数乱了，梦境覆盖到他的脸上，让他慢慢合上眼睛。只有电线杆子还在不断地从窗外掠过，仿佛从来就那样笔直而脆弱地站着，因为一种隐秘而直接的彼此联系，它们没有倒下。

祈祷：一次重述

第几次写这封信了？字迹越来越潦草了，顾不得了……空一行吧……这样我可以更好地往下写。

一

还记得那座小教堂吗，我知道我和你这辈子都不会忘记。一溜三座的老屋——左边是大伯公，右边是小伯公，中间是爷爷的老房子——他们的感情可不像房屋依靠得这样紧密。伫立在边上的就是小教堂，一座通风防虫的建筑，大队解散前，它是谷仓……这些年我翻阅了不少书籍试图更多地了解我们的村子，但你恐怕要笑我太书生气了。平日里它总是大门紧锁，我们会在每个礼拜日准时赶到这里。就在刚刚，我还站在这个小教堂门口，木门上的锁已经坏了，要找锁匠来换一个才行。门上的主日单是四年前的，黄得翘起了边，墙上那炭笔歪歪斜斜写的"以马内利"还是那么清晰，连煤炭这样低贱的东西也比人要坚强恒久得多呢。

那时的盛景你肯定还记得，好多乡亲走十里山路到这里来做礼拜，他们中间不乏装了木腿、安了义眼的，有的身材矮小肥胖，活像一团稀泥。这支令人可笑又心酸的队伍把屁股安坐在涂了红油漆的水泥凳上，听教士讲经。教士大概是哪里的教师转行的，写着并不出色的粉笔字，唾沫横飞。还记得他放在搪瓷牙缸边那块黑乎乎的布吗，他总是不时地用它擦一下嘴角，这惹得我们嘲笑不已。我们憎恶他，憎恶他给爷爷出的主意。他们用漏风的嘴跟着教士大唱赞美诗歌，由于不识字，他们只能跟着音调含糊不清地模仿，错得离谱。

忏悔时刻，我们像士兵努力踢着正步在人群里走来走去，仿佛在受降。你拿着你宝贝的那根竹棍，嚣张地指来指去，除了我们，所有的人都跪在脏兮兮的蒲团上哭泣，嘴里含糊不清地念叨着自己的罪恶。教士跪在讲台边，头顶心紧贴着地面。我们穿过座位下一摊摊令人作呕的眼泪鼻涕混合物，爷爷和奶奶跪在角落里，爷爷浑身战抖深深弓了下去，他身下的眼泪和鼻涕比谁的都多，两只瘦手紧紧捏在一起。我们彼此比赛谁模仿得更像，笑得浑身发抖。奶奶稍稍往前倾，垂着头，两只眼皮疲惫地耷拉着。上帝肯定没空来接待她，她应该也和我们一样，思考着晚饭。

那时我们怨恨教士，在空气中对他比画着各种动作。他给爷爷出的这个主意，爷爷尊敬他，在听他讲述的时候站得笔直，前所未有的严肃。听从这个主意的后果是，我们一连七天只能吃一顿午餐，且不准吃肉，我们四处奔走，把趴着螳螂的黄瓜、带着露水的野果统统抹进嘴里，这一切让对肉的渴求更加猛烈地燃烧，我们怨恨爷爷为什么要把我们带到这个计划里来，但他铁痕一样的唇纹让我们望而生畏。我们至今难以理解，在一天只吃一顿饭的情况下，他是如何能干着比平时更多的活，直到把破迷彩外套汗湿滴水，或许这样，他的上帝能更好地听到他想表达的？我曾经建议溜到伯公家去吃肉，但是你罕见地拉住了我，说这是大事，村里没人敢破坏。那时的你比我还小，哪知道什么大事小事呢，我从你眼睛里看到犹豫和闪动，和我不同，从小住在村里的你，对上帝有着若有若无的思考和顾虑。

好在一切宁静，如同屋角一直不用的磨盘，今天我还摸了摸它。等待到达第七天的时候，她一切正常，没有惹出任何的祸事来，我们耐心地坐在教堂里等天黑，你把那根竹棍在地上顿来顿去，中空的敲击声在我们胃里回荡。祈祷结束，大家三三两两地起来，红着眼睛一脸满足地往外走，将有整整一周的时间把地板上的肮脏液体蒸发到空气里。大伯婆走过来悄悄对我们说，去叫你爷爷，出事了。大伯婆从我们出生起似乎就没有变过样子，宽宽的脸盘，两颊满是黑斑，一头白发，身体硬朗，我们想象不到她有年轻的时候，也不认为她有一天会死。大伯公一家不信教，他们礼貌地等待祈祷结束。

大伯公家是三家人里收拾最干净的，他们也不喜欢邀请别人到他们家里去。现在这里长出了荒草，水泥地上满是裂痕。当时我们感觉束手束脚，大伯公在遗像里严肃地看着我们，走进厨房时，你爸爸已经垂头坐在那里。厨房里有两个人最引人注目，一个是哭到抽噎的徐琦，他丝毫没有了平时顽劣不灵的样子，手捂着额角，有血从那里滴下来，表姊小心翼翼地要去擦，他爆发出一阵赛一阵的蛮横叫声；一个是你姐姐，她穿着你妈妈不合身的旧上衣，身子发抖，脸上青一块紫一块，下颚往外抵出，一哼一哼地出着气。

我们都知道，这几天的工夫白费了，为了能使你姐姐恢复正常，我们稀里糊涂受了这么几天的煎熬，到头来还是徒劳，她又惹出祸事来。我知道你平时已受够了她，家人的纵容增长着你对她的暴虐，家里长子的荣耀让你感觉家庭的面子也在你的身上。你不假思索地用竹棍用力一挥，竹棍生风打在她的手上，她像被烙铁烙了一下纵身跳了起来。我最后一次见她的时候，她举起看起来僵直的小指告诉我这是小时候被你打坏的。但我觉得，这么些年，你为她做的，也已经足够了。她一边发出令人毛骨悚然的哭叫一边径直跑了出去，你也吓得脸孔发白，爷爷用可怕的声音让我们滚回家去。

爷爷回家后把桌上的饭菜都抹到地上，粗瓷碗翻滚在起伏不平的黑泥地上，笋和豆子混进泥里，浑浊的菜汤沿着泥地的纹路蛇一样爬。我庆幸我们没有富裕到像隔壁的大伯公一样抹上水泥地面。爷爷大骂奶奶为什么不看好你姐姐，奶奶躲在灶下抹着眼睛，我们不安地依靠在昏暗的柴火旁。爷爷怒气冲冲地消失在门槛后的黑暗里，再次出现时他把一碗黑乎乎的东西往桌上一顿，盈亮如琥珀的红烧肉在吸饱了油的梅干菜里探出肥美的身子，在灯下微微颤动。我们夹了满满一筷子，就着米饭大口吞咽起来，油香毫无阻隔地沁进心里，我们对望了一眼，吃得热泪盈眶。奶奶在背后大哭了起来，阴影里爷爷一字一顿地警告我们不准再和徐琦一起玩耍。

但你并没把这个禁令当回事，你是爷爷最宠爱的孙儿，当爷爷拿着烧火棍靠近你身边的时候，你丝毫不觉危险的来临。乖觉的徐琦已经抱头跑远了，柴火棍结结实实落在你的脚踝，你扑地跌倒在地，握着竹棍发疯样嚎叫。当你看清对面的人是爷爷，你的手腕怎么也抬不起来，你一瘸一拐跑了。半个小时后我在上村的竹林里找到你，眼泪在你脸上冲出两道沟，你咬牙切齿地说：
"他死了我也不会去给他送葬。"

二

　　你的姐姐雯雯，是你不愿去提的沉重话题。在那个
缺医少药的年代，她因为急性发烧头脑落下毛病，我至
今无法准确地判断她是否是通常意义上的傻瓜。她并不
整日发呆或大吼大叫，在大街上拍打自己的脑袋，她能
说出通顺而有逻辑的话，但是她的种种行为又让人无法
把她划到正常人的范畴里来。她无法安静地在教室里坐
上五分钟，也不知道站在讲台上的那个人有着控制课堂
的权力，她难以理解父母所说的"懂事"是什么意思，
她在校园里随意穿行，把树枝树叶丢到正在上课的讲台
上，甚至可以随时撩起裙子，在任何地方蹲下来撒尿。
她无法继续上学，办了一张残疾人证，离开了学校。

　　雯雯是我们这帮孩子里最大的一个，当我们成群到
奶奶家里消夏时，本该是大姐的她成为我们口中的消遣
对象，你对她又气又恼，渐渐成为反对她最坚决的人，
似乎除此无法洗脱自身耻辱。我们常常为她所苦，一块
块混合着她口水的野果残渣总是不期而至，凡此种种恶
作剧，让我们大声呼喊你的名字。每次你都不令我们失

望，五分钟之后，村庄和田地成为你们追逐的战场。

我还记得你跟我说她要结婚时那个兴冲冲的表情。当时我只观察到你神情里的惊奇，现在想起来，或许还有些别的什么。雯雯到该上初中的年龄时，已经不能仅仅扮演一个走街串户要些零嘴吃的懒婆娘了。写到这里我不禁要感慨一句，如果说天生我材必有用的话，她的用就是照料婴儿。这样一个傻姑娘，居然能让任何哭闹的婴孩在她怀里妥帖安静下来，并且一抱一整天，丝毫不觉厌烦。为此她逐渐赢得村庄里一些妇女的信任甚至赞誉，她们乐得把孩子交给她抱，自己在一边打麻将。雯雯也因此获得在麻将桌旁嗑瓜子和吃水果的权利。你妈妈也开始宣扬你姐姐可以作为一个合格媳妇的言论，在此之前，她从来不在别人面前提及自己女儿。

这种闲适的生活结束于茶厂建成之后，她在厂里做一些最基本的活计，因工人大多来自村里，她受到的一些嘲弄和欺侮是可以想见的。但我们渐渐听说一个叫小邹的青年会替她说话，她也常常躲到小邹后面去。我们常常在她面前提起小邹取笑她，看她从公路上走回来，就问她小邹上哪去了，怎么没和她一起回来，她咧着嘴说小邹去工厂上晚班去了，要多挣点钱，好娶她做老婆，我们不可遏止地狂笑起来。

当你告诉我她要结婚的时候，我兴奋地和你抓抱在一起，像陀螺一样没来由地转来转去。我们攀上院子里的树，看见公路上走来一高一矮手里提着烟酒的两个男人，你低声告诉我，小邹哥哥带着他来提亲了。

在爷爷家安排的饭席上，我们的眼睛都看向那个面皮浅黄，穿着衬衫的青年，叔叔也向他举起杯子，但他却摆摆手，说身边那位沉默不语的小个子才是小邹。对小邹的第一眼，想必你印象比我还深刻。他身形矮小，皮肤炭黑，任喝了多少酒也看不出来脸色，年纪是轻的，眼角皱纹却堆叠在一起，他的嘴像闭不上一样，我们总能看见他咧开的嘴里参差不齐的黄色牙齿。你一言不发，提着棍子就从饭桌上走了出去。他吃饭时紧挨着雯雯坐，总把眼睛看在雯雯身上。雯雯一眼也没有看他，忙着频频举筷吃桌上平时不易得的酒菜。小邹是外乡佬，腼腆内向，口音也很重，说的话大家听得也吃力。叔叔是喜欢说话的，但跳跃的话语到小邹那只有简单一二声回应迅即沉没了。叔叔从不停说话到不停吃菜接着不停吃酒，继而放下酒杯，不停抽烟。婶婶搓着手在席间忙来忙去，小邹长小邹短地叫，不时把菜端到桌上来，看看小邹，又看看叔叔，在小邹的点头弓腰间给他添酒添菜。

婚礼准备起来了，雯雯不用再去上班，你妈妈给她买了几身新衣裳，她很快把袖口都磨破了，你妈妈只好把它们换下来放进大木箱里，等结婚再用。女方婚礼摆在爷爷老屋，爷爷家大堂是旧式的瓦房，足有二层高，上面贴着的"莲开并蒂"一类的旧喜联还是你父母十几年前结婚的旧物，我和你负责打扫大厅，我们用长梯攀上高高的房梁，在珊瑚般粗硬的燕巢里掏出两只热乎乎的鸟蛋。婚礼当天来的人多极了，你是小舅子，已忙得不见人影，我一个人在大厅里茫然地东张西望，看见一桌古怪的客人，他们长得都很黑，闷头抽烟喝酒，并不怎么说话。喧闹的大厅里，我听见有人悄悄议论叔叔收了小邹不低于一般人家的彩礼。雯雯打扮得漂亮极了，我们那天才发现她是我们这代人中出落得最标致的一个，她长得高、身量匀称、五官端正，涂上脂粉，穿上喜服，是一个让人羡慕的好看新娘。但她一说话一走路就把这一切都破坏了，奶奶和婶婶一左一右夹着她，好歹让她不出大乱子地完成了整个婚礼。小邹早早醉倒在了新房里，他笨嘴拙舌，完全不知道怎么应付乡下酒棍们的消遣，很快被灌得不省人事。

雯雯和丈夫婚后离开村庄，前往市区，他们没有财产，所以动作迅捷。小邹表示自己有的是力气，在任何地方都可以做工养活一家人，雯雯既不惊喜也不留恋，她唯一念叨的是为什么昨天奶奶不让她在酒席上多吃些东西，这是多么难得的机会。雯雯的婚礼在村庄里刮起一阵软绵绵的风，仅仅掠起了一些尘土就迅即消失了。在这尘土后面，我们把婚宴剩下的菜吃了整整一个星期。

三

我们一群亲戚到雯雯家做客的时候，你没在，叔叔也没在，爷爷自然不会在，那次之后他和你父母已经闹僵了。只有奶奶和你妈妈做菜招待。奶奶说叔叔忙着拾掇竹子，你刚上高中，没空来。我们自然知道这些理由不成立，只从这些话语中拼接起大家对雯雯的态度。

我们沿着城区东边的菜市场街道寻找雯雯的住所，四周飘荡着鸭毛和刺鼻的沥青味道，黑色沥青像血渍一样洒在墙上和地上，许多穿着灰扑扑的工人蹲在道路两侧抽烟谈话。在这条令人鼻子不舒服的路上向右转，是两座筒子楼，摆在楼下的花草上面都是灰尘。姑父好半天才把车停到稳妥的地方，在筒子楼里小心翼翼地叫雯雯的名字。四楼的栏杆探出一个头来，声音响亮地喊着"在哦哦哦哦"，从这声音来看，她已经完全是这里的统治者了。一些门吱呀一声打开，又很快"通"地关上。

这时节已经是雯雯结婚一年多之后了。小邹一直在变换住地，端着锅碗瓢盆像地鼠一样四处搬家，从一个阴暗的巷子迁居到另一个。这次定居下来倒不是找到什么美好家园了，一是小邹在工地里受伤了，折腾不得，我们走进狭窄房间的时候，他正往肋骨上缠厚厚的绷带，上身黑黝黝满是伤疤，几个女眷轻轻叫唤了一声赶紧走出去。二是因为孩子出生了，必须得安定下来，女人产后所能经历的可怕变化在雯雯身上都加倍体现出来，她叉着双脚在房间里吃零食，劣质的碎冰冰散发一股甜腻的味道。她身体发福变形，但她满不在乎，胃口大开和不间断的饮食供应让她心情大好。

小单间里站满了人，把新生儿和母亲团团围住，我倚在走廊上无聊地看着这一切。为了能够安排下饭桌，我和姑父把餐桌搬到了天台上，幸好没下雨，天气也凉快，在这里吃饭居然有了一些快意。桌子太小了，远远地看，我们这群人密密围着一张小小的八仙桌，仿佛是想把它咽下去。菜大多是街上直接买的，鸡肉鸭肉拌着蒜葱辣椒码在盘子里，切口平整，其他则是婶婶借用的临时厨房里煮的，不够精细也就顾不得了。一盘盘菜端上来，奶奶巧妙地把各盘菜遵循力学规律搭放在一起，使它们稳固地在桌面立住，足是一个建筑奇观。

小邹因为受了大伤，不能喝酒，这对于他来说是难熬的，喝酒是他免除在酒桌上说话的重要依靠，现在他只能不断地说"多吃菜"来尽主人的义务。我们每个人碗里都堆了很多东西。姑父坐在小邹正对面，问一些小邹工作上的事情，小邹所答的无非也是从这个工地到那个工地，大家都觉得乏味了，姑父也就不问了。

雯雯的儿子出现打破了僵局，我们急忙把目光转向了这个小孩。"起名字了没有？""起了，叫英杰，邹英杰。""好好，英雄豪杰，英雄豪杰！"姑姑们拍着掌，没来由地高兴。

桌上安静下来，虽然他们还是像刚才一样，吃饭的吃饭，夹菜的夹菜，把满天台乱跑的小孩拽回来，但我发现他们都在偷看英杰。小邹似乎觉得有点尴尬，饭快吃完了，也不好招呼多吃菜了。他站起来，从婶婶手里接过英杰，娴熟地抱住，然后端端正正地在凳子上坐下来，似乎在等人给他们父子拍一张照片。他露出招牌式的咧嘴笑容。

我觉得无趣极了，菜也不好吃，你也不在，没人和我喝酒，或许我就不该过来。在我低头看桌子的时候，我看见有一个灰色的东西飘到我鼻尖下，我小心地用两个手指把它捏住，手势带起了一阵微风——那是一根细小的鸭毛。

四

我从来没有和你证实过这个消息，我们避而不谈，我也没有向其他亲戚求证此事，只是在各种节日的来往里从别人的神情中获得些信息。此时我才意识到，对你姐姐雯雯来说，这些挤眉弄眼的小道消息所能营造出束缚人的种种社会伦理，对她来说不仅毫无作用，简直就是不存在。对她来说，结婚只是一场闹哄哄充满好酒好菜的盛宴和随之而来从大家庭迁徙到小家庭的无聊变化。那么，许多妇女视如畏途的离婚，在她眼里又算得了什么呢？

市场街破筒子楼的房东最先发现可疑之处，她是一个五十多岁的肥胖大妈，有令人畏惧的大烟嗓子，从她眼神像水果刀一样在四周空气里剜来剜去你就会明白，她对社会上一切丑恶的东西有着亲人般的了解。她率先发现有许多不明身份的男人出入在筒子楼里，并且去向都是雯雯的住所。一番细心查探之后，她找来小邹，告诉他住在她楼里的都是体面人，绝对不允许有这样的事情发生。

当雯雯吃厌了各种香精堆积的零食，在那灰扑扑的小房间里，她能做些什么来消磨时间呢？不知道从什么时候开始，小邹在工地挥汗如雨的永昼，她在小房间里和一些男人性交。他们像哄小孩一样在房间里留下一点钞票，或者仅仅留下一些零食。而这个时候，她的孩子，你的外甥正在做什么呢？什么事也不懂的他在地上无辜地爬来爬去吗？这件事情我自己想想都可怕，对你来说这意味着什么令人难以想象。

雯雯显然不知道这些，她只知道她的行为可以给她换来零钱和吃食，甚至我想过也许她就是简单地喜欢性交。这个社会上喜欢性交的人一点都不少，但是大家都深切地知道蕴含在这两个字背后的意味和禁忌，不敢轻易地将这些东西表露出来，否则，那就是傻子。光顾雯雯的又是哪些男人呢，会残忍和无耻到利用这样一个社会弱者？我的脑海中又飘起那些臭兮兮的鸭毛了，它们在肮脏的街道上灰尘一样落下，下面是蹲在马路牙子上抽着烟脏兮兮的男人们。

雯雯无法理解这些道德和社会意味，她最适合生长在一个富足的、受过良好教育的家庭。她会成为一个体面的人，或许还会成为一位艺术爱好者，凭着她的特立独行？但落到我们这样的阶层里来，一切肮脏的角落便不免放大。小邹吓坏了，将更大的惊吓转移给了你的父母。

你的父母把小邹的慌忙求助当成了兴师问罪，他们懊恼无比，离婚后的雯雯将彻底变成无人问津的旧衣物，外孙也将被无情地带走，他们是要做好面对村里嘲讽的准备还是提前迁走？当初小邹出的礼金现在像炭火一样在白灰下忽然散出热气，令人煎熬。出乎他们意料的是，小邹流着眼泪说他知道雯雯不是故意的，她只是太天真了，他希望能帮助雯雯改正，和她一起过下去，把邹英杰养大。

他们马上行动起来，你妈妈连夜住进了他们的家，开始包办洗衣做饭等杂事，小邹第一次在结婚之后有了可口的饭菜和整洁的衣物。婶婶发挥了她的外交才能，她带上残疾证，提着礼物上下走访，将难以启齿的话题用含蓄而准确的话语加以解释，取得了邻居和房东在表情上的谅解。忙过这一阵之后，婶婶尝试着对雯雯进行道德教育，这是当务之急。但雯雯显然对婶婶说的这些东西怒气冲冲，她只知道妈妈来了之后，行动变得不自由了，男人不再过来，钱和零嘴也不见了。她对婶婶大吼大叫，毫无顾忌地把那些不堪入耳的东西说出来。婶婶慌忙关上房门，减小那可怕的声音在筒子楼里的回荡。四邻安安静静地关着门，油腻腻的礼物在他们的桌上发着光，阻止更可怕局面的发生。相处的磕磕碰碰令人头昏脑涨，婶婶在做菜时心烦意乱魂不守舍切伤了好几根手指，手上总是歪歪斜斜包着好几个创可贴。然而这一切并没有阻止事情的进一步恶化。

卷走几件衣服之后，雯雯抛下儿子，一走了之。事情暴露之后，雯雯就一分钱也拿不到手了，但这无法阻止她的出走。她可以大摇大摆地四处坐车而不掏一分钱。据说那些头发油腻腻的汽车司机里，有不少都曾经是她的主顾。不出所料，我们在离市区二十公里外的一个小镇上发现了她，她声称自己有了新的男人，不可能再回家。那个男人我曾经见过，在他们若干年后的春节抱着孩子四处走亲戚讨要红包的时候，这个男人总是把便宜的白酒放进屋子，就烟也不接地走到院子里远远地蹲着。从面相上看，他一点也不像个坏人。但雯雯的嘴里居然说出了"离婚"两个字，她怎么可能知道这样高深莫测的词？显然，这是唆使。

办完手续之后，小邹去了外省打工，这样他能寄回更多的钱，让叔叔婶婶更好地照顾外孙。

五

为了能让外孙有更好的教育环境，同时也能更好照料上高中的你，你父母搬到了市区。不安在邹英杰上幼儿园之后得到了笃定的证实。在四处贴着小红花明亮宽敞的办公室里，漂亮的幼儿园老师微笑着问询，为什么邹英杰不能和其他孩子一样安静地坐到下课，并且从来也不理解老师说的话？甜美的儿歌声中婶婶如坐针毡。

叔叔婶婶对外宣称他一点问题都没有，只是不大喜欢念书而已，我们都看到他奇怪的神情和步态，尤其是他的眼睛，看起人来歪斜、呆滞，这是一双原属于雯雯的眼睛。那时你高考失利，赋闲在家，还没有准备参军，我放了暑假时常到你家去找你，邹英杰也在一边。我竭尽全力不向他投去好奇的眼神，但他的举动还是让我印象深刻。他长手长脚，瘦骨嶙峋，像个蜘蛛一样在家里跑来跑去，歪着脑袋看你，或者把脏兮兮的脚搁在茶几上，往下搓着泥灰。他喜欢和人说话，但很难从他含混口水的嘴里准确地听明白什么。他总是抱着一只黑得看不清颜色的脏毛绒玩具熊，没有人能从他身边取开去清洗一下，这是雯雯以前给他的生日礼物，他把这只玩具熊称为儿子。当他这么喊的时候，他的口水就不间断地流出来，滴在玩具熊的绒毛上。

让我吃惊的是，你对邹英杰倾注了足够的爱意，你非常注重他的饮食衣物。婶婶匆忙给邹英杰吃凉包子，你甚至和她翻脸，我错误地以为这只是你一时心血来潮。一次走进你家小区，我看见你正把一个邹英杰同龄孩子堵在墙边，我赶紧支开了你。我知道你扮演的保护人角色，我很想告诉你，你的这种做法也会导致他失去同年龄段的所有朋友。可我说不出口，我不知道，倘若不这么做，还有什么更好的办法。

一直在乡下独居的爷爷，忽然到叔叔家里来，他提议可以带邹英杰到乡下去，他要为邹英杰做一次祈祷。

和十年前的强烈反对相反，你的父母接受了这个提议。

　　烈日的暴晒下，白天叔叔和爷爷穿着短裤，拖着没吃饭的身体，用柴刀清理竹山上的杂草和灌木，呼呼的刀风声中，汗水成条贯注到地里；婶婶带着邹英杰把小教堂仔仔细细地擦了好几遍，做好每天一餐的饭食。晚上入睡前，叔叔跪在房间的床上，双手交握祈祷，他的祷语含糊难辨，又像雷声一样响亮，惊得梁上的老鼠四处逃窜。

　　祈祷的最后一天是安息日，小教堂的人比十年前少了一半，还活着的人老得更加不像样，他们瘫倒在地上，就像是一堆垃圾。我记得其中有一个装着义肢和假眼的老太婆，她老得愈发可憎了，豁了一个口的假眼露出些微黑洞洞的眼眶腐肉，散发出腥气。爷爷、叔叔、婶婶带着邹英杰跪倒在第一排，婶婶死死按住想要挣扎起身的邹英杰，祈祷开始了，他们的声音和邹英杰的喊叫淹没在排山倒海的忏悔声和哭声里。

　　祈祷过去半个月，亲戚们都说邹英杰好多了。我在叔叔家坐下时，看见邹英杰就坐在我对面的长椅上，抱着玩具熊，他怯生生地，不怎么说话，比起以前确实是安静多了。由于邹英杰的好转，你也稍微宽心地搭上南下的列车，参军入伍去了。

　　在你入伍期间，家里发生了一件让我依然心悸不已的事。我一直都没有和你说过，是的，我既没有准备说，因为那是对你的伤害，也不知道怎么说。在电话里或聊天中，这样的事情只会沦为一个小插曲，只有用我拙劣的笔真实地描述一下，也许你才能感同身受。

那一天我上你家去，饭熟了，婶婶叫邹英杰进来吃饭，叫了几声没人，厅里玩具熊丢在地上，屋前屋后看了也没有，婶婶急得汗都出来了，我让她不要慌，我们分头找，我往前面的街道，她往屋后的田野去。我在街道上问了好几家坐在门口的老婆子，她们看我指了指叔叔的房子说是那家的小孩，脸上做出怪相，摆摆手说没有看到，我在第一条街问下来一无所获准备进第二条街的时候，忽然听见婶婶的叫喊，赶紧往那跑过去。

叔叔家屋后是一片大芦苇荡，苇花掩映里到处是浮着绿萍的宽阔水面，整齐的田间小路纵横其间。原来是鱼塘，现在都废弃了，水下浅浅的都是烂泥。东边的一个旧鱼塘边上临水架着一个木头搭成的厕所，没法吃的苦李树在上面长得遮天蔽日，下面混合着排泄物的泥水里都是掉落下来鲜红的苦李。邹英杰趴在泥水里边，半只脚陷进泥里，翻出里面陈年的旧屎尿，臭气熏天，几个孩子在岸上居高临下地喊"死要吃，死要吃"，听见婶婶喊了一声，纷纷走了。婶婶"杰杰、杰杰"地哭叫，我们到了水边，看见邹英杰陷着的地方都是屎尿，考虑着怎么下去，邹英杰听见婶婶叫他，挣扎一下，把腿从泥里拔出来，靠着岸边爬了上来。

我们赶紧上前，邹英杰半身都被屎尿浸湿了，臭气熏天，呛得我头都晕了。他还愣愣地站在那里，手里攥着两个捡来的苦李不动，见我们盯着他看，顺手在衣服上蹭了蹭苦李，就要往嘴里送。

婶婶啊地叫了一声，挥手把他手上的苦李打下来，这一下是发了狠，把他的手背打得通红，苦李滚到草丛里去了。邹英杰怔了一下，放声大哭起来，婶婶也哭了，边哭边骂："你真是要死哦，我真是苦命哦，你怎么会跌到茅坑里去！你怎么不知道臭？一点臭都不知道？还站着这里要吃那么脏的东西？你是傻咯，你是彻底傻掉了……我的命怎么这么苦啊！"

婶婶哭得厉害，邹英杰就哭得更狠了，我扭过头去不敢看，太阳恹恹地下到竹林那边去了。

六

在你参军的那几年，村庄里的老人像委顿的藤条一样迅速死掉，大伯婆去世时，因为两侧的老屋久已不用了，治丧的酒席准备摆进爷爷家。我们回到乡下时才发现爷爷的老屋已经不像样子了。雯雯的婚礼是这个屋子最后的热闹。厨房外的水沟已经堵塞，水漫进了屋子里，到处都是从墙上剥落湿乎乎的土块。铺了薄薄一层水泥地面的卧室水气森森，散发着一股霉变的气味，屋角一团沉重黑黢黢的被子里，爷爷苍老的头颅探出来。

我们一边帮忙整治酒席，一边修缮屋子，劝告爷爷应该和奶奶一样，早早地到几个儿女的家里去住，离开破败不堪的乡下。我们跟着徐琦和堂叔一起打开大伯公家的大门，锁有点锈了，我们想去隔壁借点油，跑了半个村才借到，一排排立着的都是空泥屋。大厅的水泥地已经四处开裂，有些地方长出了野草，大厅的地上到处都是光斑，墙角一堆儿燕子屎，燕子在梁上唧唧叫着。他们开始擦洗大厅的上房桌，把大伯婆的照片规规矩矩地和大伯公的照片摆在一起。我和徐琦到厨房里转了转，当初那一幕还历历在我脑海里，而后院门已被塌下来的屋檐给掩住，走不通了。徐琦搬到城里之后，父母之间摩擦增加，顾不上他，堂婶外遇之后离婚了，他渐渐和一些混混走在一起，学上不下去，四处闹事，被劳教了两年，现在刚刚放出来。我们这两个成年不甚久的人试着用大人的方式讲话，却觉得尴尬至极。他四处看看，走到厨房里结满蜘蛛网的风柜前，转了转铁柄，风柜里轰隆一响，窜出一只大老鼠，吓了我们一跳。

酒席上，小邹和我同在一桌，他更黑更瘦了，婶婶以往的话语里我依稀了解了他身体越来越不好，大概是以前在工地落下的伤，这使得他寄回来的钱越来越不及时。我从他焦黄的面皮和抽的劣质烟上看出他已经为这不多的生活费做出努力了。他想递烟给我，又怕拿不出手，我预先摆摆手告诉他我不抽烟，我注意到他的目光落在酒席未开封的两包烟上，我想一会儿开席之后，我怎么也要冒天下之大不韪拿一包，然后偷偷递给他。

正坐着，传来一个熟悉的声音，是雯雯，手里还牵着一个脑后梳着金钱鼠尾的小男孩。我偷偷看大家，小邹的脸蒙在烟雾里，婶婶、奶奶看见她，先是诧异，然后脸上蒙了一层灰。表婶是召集人，她带着尴尬的笑容打个招呼："来了就好，一起吃饭。"雯雯还没有走到阴凉的屋檐下就被一只黑硬的胳膊推了个趔趄，爷爷一脸坚决地说："你走，你现在马上走。"小男孩朝爷爷吐了一口，躲到后面，爷爷依旧冷酷地重复着刚才的话语。"你不要动我！"雯雯满脸红通通地对着爷爷骂，显然她在虚张声势。表叔及时地走过来挡在两人中间，他把爷爷劝回转，然后低沉地朝雯雯呵斥一声："自己找个地方坐下来，有的你吃就吃，再吵就出去。"

雯雯一眼也没看小邹，径直坐在我边上，让那个孩子叫我舅舅，和我絮絮叨叨地说以前的往事。她举起小指说这里以前被你打伤了，直到现在还举不起来。我当时对她很冷酷，一言不发，在表情上尽力表现我的厌恶，但是她长期以来已经习惯了这种不平等的、残忍的对话氛围，两个嘴唇毫不疲倦地一张一合。写到这里我想起或许我们对雯雯也负有不小的责任，我们没有给她一个稍微宽容的环境，无论是信仰宗教的，或是无神论者，都放任自己的怒气和面子。有时候我怀疑不该将她归到精神病人一类里，她能说出逻辑清晰的话语，但又不得不接受自己绝非常人的暗示：如果把我们当时的交谈拍成录像放给毫不知情的人看，他们一定会把我当成是一个粗暴而毫无教养的家伙。但回到现实中，充满敌意的氛围和层累的认识给予我行为以足够的合理性。我后悔没有和她多说几句话，一味沉浸在她残忍对待小邹而引发的怒气里。

她见我不再理她，便带着儿子到其他桌上转悠，教孩子乖巧地叫各位亲戚叔公舅公，一边问桌上的烟是否有人要。大家愕然无语的时候，她已经麻利地将两包烟搓做一堆，放进肩上挎着的红袋子里。大家在短暂的愣神之后回过味来，有几个亲戚偷偷地笑了起来，雯雯赶紧申辩，烟是带给叔叔的。这个谎言太拙劣了，姑夫把桌上的两包烟绰在手里，朗声说："会心疼自己的男人总归是好的，我们不要烟，你拿去。"把烟顺手丢到邻桌上。奶奶正好端着菜出来，又气又恼，说了一句：

"真是傻得苦！"雯雯头也不抬地说："还不都是你们家的种。"这句精妙的应答使得屋里的人都笑了起来，刚才忍不住笑了的，更趁这个机会释放了笑意，长长短短的笑声里，我想把桌上的香烟丢向小邹，但座位上的人已经不见了。

七

早上起来，奶奶又哭了，她不知道这种日子什么时候到尽头。我知道哭只是老人的习惯，并不能说明什么么，但我还是很心烦，我让她到床上再去躺一会儿，开始准备早饭。她现在非常恐惧生死这一类的话题，昨天我在公路上看见运砂石的车摇摇晃晃地从乡公墓地方向开过来，那里在进行大规模的修缮，就随口和奶奶说了几句公墓的闲话。说了几句我才发现奶奶的脸全白了，脸色极为难看，腮边的肉神经质地颤抖，我为自己的鲁莽而感到羞愧。

这几个月里，爷爷所做出的举动和今天没有任何差别。当我们醒来的时候，他已经不在屋子里了，我们都知道可以在哪里找到他。小教堂已经吓人地塌下了一个檐角，其他的信众渐渐像叔叔那样离散或者转移到了其他教堂，这里成了爷爷一个人的祷告坛，他和杂草、云雀一起祷告。《新旧约全书》和《赞美诗歌》分放在他身子两侧，他脸颊上的肉紧紧贴着腮帮子，嘴唇无时无刻不在颤动。起初我们守着他，后来我们发现没有必要，他只是祷告，然后哭泣。叔叔禁止我们帮助爷爷清理教堂，他凸出两眼怒气冲冲地说："以前是在村里没文化没知识才会搞迷信，现在是什么年代了还拜耶稣，他认识字吗？他一个字也不认识，他嘴里说的念的唱的，全都是假的！要不是他是我亲爹，我早就把他的圣经丢到厕所里去了！"爷爷侍奉的上帝在家庭里没有赐下福气让他伤心透顶，他觉得我们都有义务阻止爷爷的无谓沉迷。

爷爷只吃中午一顿饭，食物永远是自己晾晒的茄子干和笋干。我们围坐在一起吃饭的时候，他只往那碗黑乎乎的咸干里伸筷子，我们曾经试过藏起这个让我们恼火的粗瓷碗，但那天他干吃了三碗白饭。桌上永远摆着肉，但他并不看一眼，奶奶有时吃着吃着就痛哭起来，我放下筷子，把手指插进头发里。他已经有几个月没和我们任何人说过话了。

说了爷爷的这些变化，我相信你会按捺不住回家来看他的，这就是我们至今不愿把情况告诉你的原因。只有你才能在劝告爷爷上发挥作用，我们的话语对他来说就和天牛的吱吱叫没什么区别，你们是心意相通的。

　　突变的原因，我想我不该告诉你的，如果突变仅仅让你赶回家，那么起因会让你再也不返回军队，断送你父亲眼里无比宝贵的前程。

　　实际上，你却比谁都有权利知道。去年小邹忽然来到叔叔家，他病得又瘦又小，说自己身体已经耗得很严重了，恐怕要在家乡长期治病，他不会拖累叔叔婶婶，但也无能为力抚养邹英杰了，如果他们愿意把他送人的话，他也不会有意见。说这句话的时候，他用手按住了眼睛，他为自己几个月没有寄来生活费感到抱歉。婶婶马上打电话给了你，才知道是你这几个月偷偷替小邹寄钱来。然而在我要告诉你的那件事情发生之后，我们再也没有联系上小邹，他的电话被注销成为空号，我们发觉居然没有他最后居住的地址，也不知道他亲人的去向，就像是两个世界之间微弱的绳索被风雨蚀断，我们甚至不敢想象发生更可怕的事情。

　　你寄来的钱已经很久没有花在你疼爱的外甥身上了。几个月前的一个大雨夜，他走丢了。那场雨下得人眼迷，把再胆大的人也压在屋里，你妈妈慌慌张张地去拾掇因暴雨倒塌下来的院顶，凶狠的雨把她浑身浇透，院沟的水涨到了路上，鱼塘里的草鱼窜进了没到脚踝的院子积水里。你妈妈早已像男人一样坚强了，她冒着拳头一样的雨把屋顶遮盖好，等她回到大厅的时候，却发现邹英杰已经不见了，本该严严实实关起的大门敞开，她追出去，在漫天大雨里，只看见芦苇丛后面，暴涨的河流涌起令人眩目的黑色急流……

回来吧，回来告诉我为什么你成了最疼爱邹英杰的人，成了我最感钦佩亲近的人，告诉我为什么你可以和爷爷沟通，告诉我你妈妈在重提往事时脸上的表情到底是什么含义……也许会有一场爆炸的，但我觉得空气沉闷极了，我宁愿要一场爆炸。

八

一个个漫长的上午，我开始写信，村庄像是在一个废墟的底部，没有网络，没有电视，没有书籍，没有人语，我习惯了在傍晚走到高高的土坡上，看广漠的大地上东一点西一点稀薄瘦弱的炊烟。这里的生活锻炼了我的耐心，丰富了回忆的枝蔓，我很难分辨记忆的河流中真实和虚假的分界，它们必然不像泾与渭那样分明。一本大队的便笺纸，一支堂弟读初中时留下来的圆珠笔（谢天谢地它还很好写），我用它们日复一日重述我对于村庄和往事的回忆，重述让我感到新鲜而惊奇，它像重新剖开了花蕊。写完之后，我照例在晚饭时飞满了蜻蜓的村庄公路上慢慢散步，我犹豫着要不要把它寄出去。

　　我非常能够理解叔叔婶婶不告诉堂弟这件事的原因，为此他们甚至禁止爷爷接听电话。他们过得够苦了，这些年为邹英杰和堂弟花费了所有，在城里他们找不到正当的工作，堂弟每月寄来的生活费已经是他们重要的来源，我们清楚地知道堂弟的性格，知道他在知道真相之后将会做出什么事儿来。

　　但我似乎已经，慢慢朝那个方向过渡了，我从来不知道堂弟的部队地址，也不觉得有了解的必要。但就在这几天，我用微弱的手机网络凭借名字搜寻出了详细的地址，不知道为什么，我感觉这个地址光滑而亲切，每天我都要在纸上抄写好几遍，虽然它冗长拗口，但是我早已能一字不漏地复述下来。村里没有邮筒，我得前往十五里外的乡里才能寄出信件，我在夕阳下看着乡里小小的、矮矮的阴影，像对另一个世界的小小阀门张望。我总疑心自己会在什么时候，一口气走到乡里，把某一封信，我复述到某一遍已足够真实、坚硬的信件，丢进邮筒里。但，不，还不是今天，我走到闪着金光的小溪边上，它弯弯曲曲向乡里流去，我把便笺纸揪碎，丢进溪水里，看着它们软软地触到溪底平整的泥沙。这一刻，我无比虔诚地希望，天上的父，如果存在的话，能听懂爷爷含糊不清祷告里的所有内容。

少年葳蕤

春

1

雾气散开时，葳蕤和塔塔已攀到云海之上。树王样貌和山脚遥望时大有不同，丰富的细节使它显得神秘而庄严。

"你看！"顺着塔塔所指，葳蕤看见薄雾里，树王一根细枝抱着一窝野蜂，在阳光下发出轰然噪音和醉人黏稠。

2

塔塔家在山脚，他的父亲——葳蕤的叔叔，是养殖能手。寂寞的山里还有一户夫妻：男人脸色黝黑，下嘴唇缺掉一块；女人一言不发，瘦得骨头突出来。他们看守一栋旧仓库，烧炭、养蜂、采红菇，什么都做。常能听见男人打女人，拳头咚咚响，女人小狗样叫唤。男人常采些漂亮野果，葳蕤他们便光顾。葳蕤觉得叔叔有点瞧不起这个男人，烧炭、养蜂，终是小打小闹，没有出息！叔叔养羊，好几百只，集市上交易，叔叔红光满面，他是焦点。

院后青山一重接一重，最高处一棵巨树，铆定行人目光，叔叔说那是树王。葳蕤问那里怎样，叔叔抽烟，半晌说，越过树王，山那边有个首阳村，与世隔绝，村民靠打猎生活。

3

过了一会儿，葳蕤才发觉塔塔让他看的不是蜂窝，是树王下方的树林。天下所有的树似乎都不管不顾挤在这里，树杈和树杈交缠，树叶和树叶重叠，海浪样沿陡坡延伸，树王冷峻地从顶端看下来。

林子昏暗，腐叶呛鼻，阳光被遮挡，一片寒冷，林子落了一层厚厚的叶子，一踩就陷落。葳蕤尽量把脚落在石头上、树桩上，拽着枝干往上攀缘。地上各色蘑菇，他们此时无心理会，只想赶路。一个小时了，他们还没有走出去，冷寂的林子让人出汗。停下来歇息，葳蕤发现岩石下一片三角形散开的红色菇群，半小时前明明见过。塔塔满头汗，说："糟了。"

4

他们有段时间没去男人那了。夫妻俩消失了一些日子，某个深夜回来，马达乱响了一阵。那之后男人一直没出门，仓库每天两次淡淡炊烟。

葳蕤问叔叔："男人怎么了？"

"病了。"

"为什么不上医院？"

"去过了。"

"他是哪里人？"

"四川。"

"四川在哪？"

"很远的地方。"

"他为什么不回家？"

叔叔不答，抽烟。

女人出去了，葳蕤和塔塔悄悄去看他。室内破损处长出几棵草。短短时间，他瘦得让人吃惊。他躺在铺上，看着葳蕤勉强笑了一下，咧开的嘴唇里牙齿又黄又黑。葳蕤有点害怕，塔塔凑过去，他吃力地说："等过段时间，果子熟了，给你们采果子。"

夜里，仓库开始传来喊叫和呻吟，像谁被鞭子抽着。葳蕤不安地听着，看向黑黝黝的山野，忽然向塔塔讲起首阳的传说。他们一致认为，神秘的首阳村人一定知道山上的仙草和神医在哪里。他们讨论了一夜，越说越激动，大山里有那么大的树，那么深的水，那么高的云，怎么会没有救命的药呢？男人有救了！他们睁着眼睛等到天亮，就上山去了。

5

树王列车样的枝干上积了尘土，鸟儿携来的种子在上面长成小树丛。树王主干朽空了一部分，葳蕤和塔塔攀缘着突出地表的树根钻进去。塔塔发出嘶嘶的呵气声，全凭他用剪刀把外套绞成布条绑在树上，两人才走出树林。

树干像大厅宽敞，角落里长着白色的菌类，并没有神仙住在这里，哪怕一个火堆也没有。

6

山的另一面阳光灿烂，路也好走，热风习习吹来。山崖左侧一条闪光大河，在他们的奔跑中时现时没。从林子里跑进大路，他们愣在那里。

一丛被风吹弯的芦苇背后，远近铺开一片大村子。几座高高的房子和乡里一样气派。这里一点也不像叔叔说的样子，他们隐约听见一阵阵汽车发动机声。

不知道该不该再往下，失望的推挤里他们磨蹭到了山脚。一个老头在菜地立起锄头，双手交叠在锄柄上，盯着他们："你们从哪来？"葳蕤看向塔塔，塔塔只眯着眼睛。老头指指对面："山上下来的?"塔塔点了点头，葳蕤也点了点头。

老头子若有所思地点点头："跟我来吧。"他们鬼使神差地跟着他走进村子，路上空荡荡的没人，什么地方似乎响起钟声。老头子走进屋子，摘下斗笠，对灶下老婆子喊："来客人了，山上烧炭人的小鬼，不懂我们的话。"

老两口生活很寂寞，即便来了两个不会说话的孩子，他们也很有兴致。两人讨论着小孩的来处。老婆子说："这些外乡人，山上烧炭黑得像鬼，小孩也丢山上不管，赚不到几个钱，干吗不回家。"老头子喝酒，说："各人有各人命，管不了。像村里人都去信主，一到礼拜天就钻教堂。我不信这个，这么多年活过来，谁要这条命谁拿去，信这个信那个? 烧炭也好，做官也好，命没法改的，改不了。"

吃完午饭，老婆子洗碗，老头子拆下门板搭在门槛上睡起来，一会儿就发出鼾声。

7

回家的路葳蕤和塔塔走得很快。经过树王之后，下山的脚步简直像飞，天色一点点暗下，原来绕不出的密林现在不过是一块灌木丛，该怎么骗婶婶外套丢了的难题也已抛之脑后。他们不吭声，赌气一样飞跑着，巨人般翻山越岭。几个小时前还萦绕心中大山的种种神秘、复杂、不可触摸，现在和希望一起破灭了。

回到山脚，凝重的寂静包围过来。小狗样的哭声在某个角落断断续续响着。他们往前走，遇见叔叔，他脸色很不好看，搬着一口钢精锅往仓库那走。他没问他们去哪了，低沉地说："饭还热，吃了来这边帮忙。"

8

天色终于在周围完全暗了下来。

夏

1

大桥传来起哄声，葳蕤涉水往前看，是老丁。

2

身材矮小的他本叫小丁，结交弟兄后，他老子老子地自称，大家的称呼也变为了老丁。他爸爸，一个面孔柔弱的中年男人，心脏不好，每天倚在家门口叹气，他的奶奶满世界找他，责骂他，抹眼泪。他有一种强装出来的、丧失理智的凶悍，葳蕤看见街道上他骑着人打，他奶奶上门赔礼赔钱，差点儿跪下，他把人的鼻子打断了。

他的腿穿过蓝色游泳裤，笔直立在高高的大桥石栏上，脚趾抠得发白，大腿上一条长长的疤痕。摩托车青年经过，脚支在地上，笑说："跳啊你。"下方河面上，浑身湿淋淋的少年喊："跳啊，你他妈往下跳啊。"

老丁举起双手，像致意，他膝盖微微一屈，就跳了下去。他的身体没有打开，虾米一样直落下去。

少年们尖叫逃开。如炮弹入水，一团团汹涌洁白的泡沫从河底涌上，周围响起了欢呼声，又沉寂。三十秒后，老丁湿淋淋的头冒出来，他怪叫着向裆部比画，浑身古铜的少年们从四面八方扑向他，绞在一起，扬起的浪花和喊声溅在桥洞上。

3

这是今天热闹的最高潮了。桥下深水区永远是那帮弟兄的领地。葳蕤希望河里人都消失，他就能用笨拙的泳姿在那游个来回。他不断在心里排演动作：高空中从容打开身体，摆动躯干，像箭优雅射入水中。

光从桥上往下看就够叫他掌心出汗了，他根本没勇气站在桥栏上，体会一个"英雄"能看见什么。暴雨后他曾去看水，码头阶梯全淹没了，大铁门孤零零露出些顶，吸饱红土的河水黄得发光，耸动着一波波向前，波浪上巨大的树干羽毛样飘过去。一个只裹着短裤的弟兄跑来，纵身一跃。他在泥水里露出头，右臂往前摆去，却马上被水流往下推了七八米，枯叶样卷进浪里。几十米外他扑啦一声重新出现，抓着缆绳水淋淋爬上岸，打着响鼻放肆大笑着。葳蕤无法抑制胆战心惊，仿佛刚刚与死神擦肩的人是自己。

4

此刻小旭又来缠着葳蕤摔跤。葳蕤的头被摁进水里，曾经被淹的恐惧从内心深处升上来，发出受刑一般的惨叫。小旭乐不可支，大志拍拍他，温和地说："他怕水，不要弄他了。"大志是体育生，黝黑魁梧，和弟兄们交情不浅，却乐于在浅水区和葳蕤们一块玩。小旭把葳蕤丢开，游到一边。大志抚了抚葳蕤的脊背。

葳蕤清理完呛进的脏水后，看见小旭一跃而起，抱着一个小孩摔进水里。小孩手忙脚乱地挣扎，发出咕嘟咕嘟的声音。大志笑嘻嘻看着这一切，葳蕤感到一种危险的蔓延，他默默靠近大志，伸手去摸额头上的潜水镜，手指停在光滑的镜片上。

5

葳蕤到河里的主要目的是潜水。

潜水镜把眼前世界蒙上一层水蓝，葳蕤避开人群，奋力游向河底。流速极高的深汊里，鹅卵石被冲走，露出了河床岩石的本相——它拥有自己的山峰和峡谷。一些高峰露出水面，形成布满孔洞的礁石，挨着桥墩水底爬满水苔的那部分。灰色小鱼在水底闪动，他捏着鼻子仰天游动，山峰顺着山脊升出水面，淡蓝色太阳晕开，是冷冷的光亮中心。一群人围绕着太阳游动，好像朝那扑去。不断地有人从空气中掉进水里，气泡形成的网再把他们兜出水面。葳蕤要悄悄从深水区潜过，在对面的礁石上岸。这次他错估时间，窒息感迫使他脚蹬河床，就地浮出，险些和一个刚入水的弟兄撞在一起。同时钻出水面后，他恶狠狠地盯了葳蕤一眼。

小旭没有这么幸运。他扒掉一个同伴的泳裤，笑着逃窜，没防着和一个弟兄的头撞在一起。两人按头弓腰半天起不来。这弟兄按住小旭的肩膀，往他脸上结结实实地打了一耳光，声音响亮。其他弟兄笑着扯住他："打小孩子干什么。"小旭脸上挂着五指印浑身战抖地往回走，平素的灵活全都不见，姑娘样抽抽噎噎，眼泪在脸上冲刷。周围人鸦雀无声地看着这一幕。

6

大桥下又爆发起哄，大家顿时把小旭抛开，松了一口气，乱喊起来。一个泳装姑娘的身体在葳蕤蓝色的塑料镜片上弯曲，他连忙摘下，确信这是真的——老丁搂着她的腰，两人说说笑笑。大家窃窃议论这是前几天搬来的外乡人，镇上姑娘极少下河，偶有下水也三两聚在一起，和男生界限分明。姑娘的出现让葳蕤既震撼，又不安，一个黑小子从身边蹚水而过，嘴里恶狠狠嘟囔

"贱货"。葳蕤知道没人注意他，但听到这两个字，他还是表态般用嘴角露出轻蔑的赞同。

小旭又活了，他老往大桥那扎猛子，潜水镜松开，甩到姑娘身边。她捞起来递给小旭，小旭慌忙去接，两人手触了好几次才递过去，四周响起不怀好意的起哄声。老丁毫不忌讳，他靠在桥墩上懒洋洋地往自己身上淋水，一边伸手去掐姑娘的屁股。"操，变态！"姑娘大骂一声，老丁大笑起来。

姑娘算不得好看，皮肤有些黑，脸也显平，衣服下各种凸起和凹陷却显眼，吸引目光。对老丁的议论越来越多，有人说他在做特别的生意，有人说他找对了大哥。他身高和年龄的冲突似乎变得不那么可笑了，更多议论集中在性的方面，大家调笑着猜测姿势，老丁比姑娘还矮小，但他征服了她。

7

葳蕤回奶奶家待了半个月，那里有一条浅浅的山溪。葳蕤在河里是弱者，但耳闻目睹让他感觉塔塔们的幼稚，他不再热衷到溪里去。姑娘夸张摆动的臀部，有些粗的声音，湿漉漉的头发一直在他的脑子里，想象在入睡前达到顶峰，粗野、迅速、直接而滚烫。想象中葳蕤用各种方法羞辱了那姑娘，喷涌出来的恶意连绵不绝，唯有这样才能平复他对弟兄们的怒气。深夜的纯黑把白昼所有障碍都抚平了，葳蕤幻想自己很快就能迈出那一步：天一亮，他就去学摩托车，学抽烟，结交弟兄……他的掌心变得湿漉漉的。

8

下午热潮退去，葳蕤到街路给舅舅送完东西，就准备去河里。老丁家就在街路上，不管晴雨，老丁父亲都会坐在屋檐下唉声叹气，他奶奶在一边陪着。但今天他们不见了，竹椅和摇椅也不见踪影，门槛边几盆鸡冠花被打翻，委顿在地。对面几个老妪朝这指指点点，有一位叹息般大声说："害人哪！"听到这，葳蕤快步走去，不敢停留，仿佛这一切和他有什么密切关系似的。

从树林偷偷往桥下看，河里还是那么多人，没什么异样，弟兄们大声说笑，泡沫一团团喷涌，只是不见老丁和那姑娘。葳蕤一时兴味索然，但不知那索然从何来，他想回家，又觉得回家也毫无意义。他慢吞吞地走下河岸，冷静地把衣服脱了，缓缓走进河水里。大志在水里看两个人摔跤，乐不可支，看见他，打个招呼："你回来啦。"

他见葳蕤呆呆望着他，等走近了，点点头告诉他："老丁死了。"没有任何细节，河面上一片安静。葳蕤第一次发觉河边的树木如此茂密，它们的阴影投在水面上，给人带来寒意，这个夏天才刚刚过去一半。

秋

1

秋日天空是高倍镜，将高山水田照得愈发清冷。水田底，一枚螺蛳在污泥里缓慢地爬动。

从废砖窑出来，葳蕤独自蹲着，一动不动看着它伸出灰壳的柔软身体和纤细触角。太阳升到中天，晒得人眼睛发黑，禾苗的影子透彻而颤抖地投到水底，穗影下，两只螺蛳交叠在一起，软体缓慢有力地贴紧、蠕动。这只孤独的螺蛳离它们已经不远了，身后长长的、歪歪扭扭的污渍见证它的路途。葳蕤站起来，踩进水田，冷水渗透鞋袜，他把这只螺蛳踩进淤泥。因为寂静，他耳朵里有轻微的鸣叫声。螺蛳像钉子牢牢揳进污泥底层、再底层，它将永远留在那儿。

2

锣一响，只消五分钟，街两边就站满了人。镇上很少敲锣，一响，就有大事发生。

路灯亮度足够，但他们还是点起火把，显出一种节日气氛。小偷被两个壮汉一左一右挟着，脚尖拖在地上，头发湿答答往下滴水。

他是在水田被抓到的。

有人冲上去，拨开伸过来的胳膊，狠狠往他脸上劈一耳光："操你妈，连我也敢偷！"

耳光像劈在尸体上，只有响，没有动。其他人要上前，被汪钟甩着棍子喝退："他妈的，谁再上来？"头上半干的血迹衬着他分外凶恶。有不畏的闲汉绕到小偷后面踹了脚就跑。

3

大家都知道小偷是谁，但又不确切知道他是谁，只叫他满儿。

据上年纪的人说，满儿是一年冬天来的，五六岁光景，和两个方脸的外乡汉子住在招待所。老板早起看见楼板滴了血下来，赶忙报警，踢开门一看，一屋狼藉，窗开着，一个男的不知去向，另一个倒在地上，肚子劈开，肠子流出来，死了多时了。满儿缩在角落发抖，像个怕挨打的狗。问他哪来的，人怎么死的，只呜呜瞎叫唤。所长有经验，捏住他的嘴巴往外一拉——空荡荡只半根舌头。

满儿从此流浪狗样活着，大家觉得他不吉利，有时上级检查，把他夜里装到隔壁乡镇一丢，十天半月他居然能跑回来。老人说这是有灵的，年轻人撇撇嘴不信，但也没人再丢他。

4

满儿被拖进派出所时，廊下早已站满了人。镇上民风彪悍，和人口角了，女的也能下地厮杀。入秋没多久，却被偷了好几家，小偷狡猾大胆，显然是个高手。汪钟负责这一片，一直没破案，车窗被砸了都不敢声张。

满儿被下到地上，胳膊扭着铐在背后。汪钟头缠纱布从卫生室出来，撞开几个围观的人，一脚踏到满儿头上。砰一声，脑壳和水泥地撞出巨响，他眯着的眼稍稍睁了睁，嘴巴缓缓打开，发出令人恶心的叫声。

叽叽喳喳的人群瞬间静下来。

汪钟把劝说的队员推到一边，用足劲往满儿身上头上乱踏，满儿的口水和眼泪流出来，嘴里也破了，湿乎乎的和地下的灰和成泥，东一块西一块地粘在赤裸的身体上。

人群又恢复了活力。葳蕤看见大志也在人群里，脸上随着打人动作显出各样狠劲。大家看满意了，开始各说闲话。有人说造孽，满儿怎么做得下那几件大的；有人说这是要屈招；有人说汪钟不顺，心里有气。葳蕤有点想吐，又为害怕感到羞耻，强迫自己转头继续看下去。

5

所长挥挥手，前门目送领导车子消失，穿过办公区
到了后院。他往周围扫一眼，把住汪钟去抄木棍的手，
那棍上带两枚钉子，灯光下一闪一闪。

"都散了！"所长摆了摆手，等人散开，耳语汪钟，
"到办公室来。"回身嘱咐民警把满儿送到卫生室。汪钟
闷闷地站着，等所长进去了，往地上啐了一口。

6

葳蕤跑进所长家的时候，他正在吃螺蛳。青灰色的
螺蛳叮叮当当盛在盘子里，搭在盘子里，堆在盘子里，
辣子红彤彤，螺肉饱溢油腻的汤汁。他在院里的小桌
上吃得满是汗味和酒味，他瞥了葳蕤一眼，继续大声吸
螺蛳。

葳蕤站着忘了说话，想象中，汪钟和所长谄媚地跪
在面前，哈哧哈哧狗样笑，他一脚踹在对方脸上，他们
扑倒，大志递上铁锹，葳蕤一锹把汪钟脑袋削去半个，
再狠狠砸剩下的那摊东西，他还活着，还没死，裤裆里
渗出发臭的东西……

所长拿起桌上毛巾抹了抹嘴，又擦了擦两个胳肢
窝，抬起眼睛看他："沈老师家的？怎么了？急急忙
忙的。"

葳蕤才记起自己来干吗，像被人抽了一鞭子，慌

慌张张讲起来，越激动越说不明白，结巴得厉害，他想哭。

　　所长皱着眉头，但很快听懂了。他脸色变了，骂骂咧咧抓起外套。

7

　　汪钟带人进门时，葳蕤和姐姐坐在院里剥豆，汪钟说："大人在吗？"葳蕤还没答，父亲已听声从里屋出来，一看是他们，脸色变了。汪钟响亮地骂了一句脏话，一伙人揪起父亲的领子往后推，父亲被推倒在廊下，碰倒了水瓮和架子，鸭毛沾了脏水，满地都是。父亲想站起来，又被当胸推了一把，坐地脏兮兮得像个乞丐。

　　葳蕤和姐姐吓得哭起来。来人一脚踢翻豆盆。

　　妈妈闻声出来，惊叫一声："老沈你怎么搞的？"冲上去揪骂起来。汪钟说了两句什么，妈妈大叫："一定是你们做局套他，他哪里会打牌？"被汪钟一把推到廊下。

　　整个过程中，葳蕤怒火中烧，他屈辱地和姐姐靠在一起，想怎么样才能突破来人的重重包围，到厨房里去拿刀。他觉察到一时过不去，扫视院子寻找趁手的家伙。妈妈被推下来，他一把扶住，鼻子里出气，要哭出来。妈妈对他耳语："快去找所长，说警察打人，快去!"一面又冲上去大喊:"打人啦,警察打人啦!"

8

所长进门就喊:"汪钟,你他妈疯了,你是警察。"

汪钟往后一瞧,站起来,自语:"是个鸟。"

所长皱眉:"你说什么?"汪钟大声说:"是个鸟警察,是条狗,被人玩了十几年的贱狗,这次又让小林转正,凭什么?"

所长不睬,转头问父亲:"多少钱?""三千。"

邻居闻讯赶来,带了钱。他喊一声沈老师,把葳蕤父亲扶起来,又向所长打招呼,所长脸色铁青没理他。

父亲点钱,递给汪钟。汪钟挑衅地说:"这是什么钱?啊?"父亲愣了:"不是说打牌……"

"不是打牌,"汪钟说,"是你欠我的钱。"

父亲沉默了半晌,说:"是,是我欠你的钱。"

汪钟去了,妈妈扯住所长:"蛇鼠一窝你们,警察带头赌博,还打人。"所长用力挣开,说:"欠债还钱天经地义,你听到了。"

姐姐边哭边收拾满地狼藉。爸爸有点愣神,邻居把他扶进屋里,妈妈叫骂:"叫你爱去粘那些弟兄,打几局牌不知道自己是谁了。你一个教书先生,每个月赚几文钱?三千块!"

9

大志在拳馆打牌，看见葳蕤神色有异，叫小旭搭手，走到角落来，问："怎么了？"

"我想要个人死。"

"谁？"

"汪钟。"

大志摸了摸头发："我看这个汪钟最近是邪门了。非得要他死吗？"

"要。他踩我，踩我爸。"

"你这是杀人。"

"你是不是怕了？"

大志把脸侧过来看着葳蕤，看了半天，说："你知道老丁怎么死的吗？"

"我说了我不怕。"

大志点点头，吐出两个字："刀豆。"

"怎么送？"

"二驼每天给派出所送饭。"

"找谁试？"

大志又看了他一眼："满儿。"

"他没死？"

"在砖窑。"

10

一棵庞大的树，树冠高出丛林，在山谷里就能望见。透过枝叶葳蕤看见紫红色的刀豆像病变的阳具垂在枝头，似乎停留了一个世纪，被密密麻麻嫩绿的新豆荚围绕。

带着满腔仇恨，葳蕤抱着树干往上攀爬，滑倒几次。他脱掉鞋袜，脚趾深深抠进粗糙的树皮，一寸一寸往树冠进发。他拥抱着纷披茂密的嫩枝，大海中抓住悬浮的船骸。一切顺利，这些看上去和市场嫩豆角毫无二致的东西，足以使得汪钟倒在地上，皮肤一点点变冷、变黑。

去废砖窑的路上，他遇见了小多，他祈祷小多别过来。小多看了他一眼，傻笑着自己跑开了。

他在一堆烂棉絮下面找到满儿。满儿头发结在一起，浑身散发着臭味。他看见葳蕤，咧嘴一笑，舌头断茬一动一动，周围牙齿断了好几颗。他呼哧呼哧往外出气，脸红得异常，整个人显得兴奋。葳蕤拿手在他额头上试了一下，烫得厉害。

葳蕤坐在对面的碎砖上看着他，满儿嘻嘻笑着，翻来覆去，呜呜地叫，口水成线金黄地流下来。

葳蕤坐得身上发冷、尾骨发疼，终于起身去二驼那要了一份饭，他把家里拿来的药片丢进汤里，搅了搅，放在砖窑的地上。

11

刚过中午十二点，二驼就坐在牌桌上，他麻利地分好牌，兴奋地搓了搓手。

大志问他："今天不用送饭了？"

"我刚收了一个小弟。"他得意地说。

"我叫他去找你的。"大志摸完牌，手指在扑克上拈来拈去，放下一对J，不动声色地说。

"哟，"二驼眉毛一挑，"一上场就拿命来博？"他放下一对K，说："你们最近又在玩什么新花样。"

12

葳蕤围着围巾，戴着口罩，刚进派出所院里，就上来一个民警，嚷嚷着："怎么这么晚才来，不是说了今天出任务？"有人上来说："汪钟不去，他儿子来了。"民警骂了一声，撇两盒在篮里，剩下尽数兜走，几辆车扬起尘烟匆匆去了。

葳蕤心一沉，提着篮子往角落走，汪钟的办公室在北一楼，门口的走廊还有脏兮兮的污渍，可能是满儿留下的。

汪钟的声音传出来，他在对小多说话："我的乖儿子呀，你今天为什么回来？哪里不舒服，我看看。乖儿子，哦，你拉裤裆了，还是拉肚子。儿子啊，难怪你妈要走，不怪她，我也受不了了。我给你换，没事，你慢慢来，脚脱出去。你别去碰那个，别去碰，脏。你他妈别去碰那个！操！叫你别碰！别碰！我对你就这一个要求你都做不到吗？……乖儿子，爸爸不是要打你，转过来我看一下，打疼了没有。红了。爸爸是没用的人，没抓到那个天杀的。我会抓到他，把他骨头一点一点捏断，把他肉一片一片切下来。天杀的又要来偷我。你给爸爸一点时间，爸爸这次转正没成，还要再等一段时间，很快的，我会带你去看病。"

小多曾经是葳蕤最好的朋友，但小多已经忘记了。小学时他们每天秘密地在学校背后山坡玩上一个小时。有好几天小多没来，后来葳蕤听说小偷半夜造访，小多起来喊叫，挨了一棒子，傻了。那天汪钟值夜班不在家。之后小多被送到镇上的特别学校里去，里面都是傻瓜。为此葳蕤哭了好几个晚上，没人知道。

葳蕤站在院外，机械地听着里头的动静，全身麻木。这是一个界限，把煮好的刀豆送进去，他就是个杀人犯了。小时候他见过处决犯人，在旧采石场的河滩上。杀人犯难看地勾着脚趴在地上，脑后开着一个烂西瓜一样的大洞。他觉得自己已经面朝下趴在了河滩上。把刀豆送进去，小多也要死，他最好的朋友。即便汪钟死了他没死，小多怎么活？在这个镇上，他只可能和满儿一个样了。

13

汪钟在屋里等了半个小时也没等来饭。走出院子，一个人也没有。"真你妈的邪门！"他摸摸头皮，看向光脚走到门口的小多，大喊起来，"二驼这王八蛋呢，操他妈的我要扒了他的皮。这一天天都他妈的是什么事！"

冬

1

清晨阳光很好，照得乡间大道亮堂堂。粘牙的蜜枣、砖头大的冰糖、鼓鼓的桂圆干，被报纸妥帖地包了，夹上一张红纸片，葳蕤和塔塔提在手上晃荡。

半小时，过乡中学；又半小时，过乡政府。塔塔问："奶奶，二奶家啥时到？"奶奶说："快了，快了。"

身后公路轰隆隆响，冒着黑烟的机头后面，谷谷叔宽厚的肩膀和红彤彤的面庞露了出来。他年轻健壮，背心和薄外套裹不住鼓出来的胸肌。葳蕤和塔塔怪叫着爬上拖拉机后斗。他们喜欢谷谷叔，也怕他，他双手像铁钳，眼睛像刀，轻轻一捏就让他们嗷嗷乱叫。谷谷叔停下了拖拉机，请奶奶上车，葳蕤和塔塔在后斗你一脚我一脚踹空箩筐，看见奶奶上车，也来扶。谷谷叔顺便在塔塔腰上摸了一把，塔塔惨叫一声跪倒在铁板上。

2

塔塔又说起谷谷叔的笑话，问葳蕤记不记得上次敲土梨，一跑进大厅，谷谷叔房门就关上。爬到墙上看，他和他老婆躲在房间吃威化饼，谷谷叔一口一个！被看见要分吃，他就躲着吃。"威化饼好吃。"葳蕤点点头。塔塔说："他老早会分的，讨了老婆就躲起来，都怪他老婆！""你怎么知道是他老婆教的？""什么怎么，他老婆上过乡中，嫁来的时候说你们乡下人怎么这样怎么那样，什么乡下人，她自己都是乡下人！"

3

他们和谷谷叔在岔路口分手，热情很快被路途消磨了，奶奶总笑眯眯地说快到了快到了。一个个村庄被落在后面，塔塔也倦了，庄户小孩的挑衅他只是愤怒地瞪一眼，葳蕤的脚已经丧失了感觉。太阳偏午时，他们终于跨进了下鲤村头的亭子，亭子新做，杉木大梁很白，木匠的名字很黑，奶奶在和一个挽着裤腿牵牛走出来的老汉闲聊。

可能因为饿了，冻米酥、花生脆、瓜子香，平时不愿喝的糖茶也一人一大杯。亲戚笑眯眯看着他们，葳蕤可算活过来了。饭还在做，他们商量买鞭炮去炸鱼，葳蕤放下杯子，往后屋走，还没喊奶奶，忽然听见一阵低

低的哭声。他小心靠近厢房，门缝里看见二奶奶伤心
地哭着，奶奶站在旁边挽着她的手臂，一只手在脸上
抹。照进来的光柱随着奶奶动作，一会儿断开，一会儿
合上。

4

午饭后，奶奶慷慨地让葳蕤和塔塔自己玩去，塔
塔早听葳蕤说了事，大嚷大叫也要一起去。二奶奶说：
"一起去吧，没什么的。"

他们走进一个农家院，院里密密麻麻晾着十几个竹
匾。葳蕤一看，像李干，却大得多。二奶奶说："这几
天日头俊，晒得好。"葳蕤捡一个咬了口，朝塔塔喊：
"来吃，比村里的李干好吃多了。"塔塔不乐意了，接过
一个啃了口，叫："酸死了！"一气丢进草丛里。二奶奶
笑："你们要夏天来哩，夏天我家的柰果，和猪心一样
大，甜！"听见声音，屋里头的人出来，一个妇女紧紧
牵着一个小孩，小孩个不高，眉毛浓密地从额头斜插进
眉心，抿着嘴一声不吭。葳蕤看见两人袖子挽着麻布，
有点后悔过来。妇女朝奶奶行礼，奶奶让她坐下，她就
哭起来，昂昂的，手摸着小孩黑亮的头发。二奶奶把他
搂进怀里，鹏鹏鹏鹏地叫。

葳蕤和塔塔都不敢进屋，假意在院里扑虫。奶奶从
屋里头过来说："叫鹏鹏带你们去溪口玩，他要送饭。"

5

溪流细细，曲曲折折从巨大的岩石中往下流泻，对面是高大的悬崖，藤萝和冬草倒挂下来。鹏鹏借来三辆自行车，葳蕤和塔塔骑着方便的女式，最矮的鹏鹏倒是攥着把头，半蹲着骑一辆二八大杠。葳蕤示意塔塔要不要让他们和鹏鹏换车，鹏鹏不睬他。

6

鹏鹏给他爷爷送饭，三人约定在溪口水库开阔的谷地口汇合。葳蕤和塔塔在路上踢碎石子，山谷尽头是一座没合龙的水坝，碧绿溪水从缺口处汹涌地流泻下来，坝上水缓缓流动，闪着粼粼波纹，塔塔手搭凉棚说："看见没？"葳蕤说："什么？""波纹啊，那是鱼吐的泡泡。走！去抓鱼。"葳蕤说："没买爆竹啊。""没事，脱了鞋摸。""鹏鹏叫我们在这等他。""不管他，来了再说。"

他们下到溪上，在岩石间跳跃前进。葳蕤扯了塔塔一下，让他看溪上小桥。林中走出一队小孩，高高矮矮七八个，手里提着竹棍、树枝，趾高气扬地从桥上看过来。"呸，"塔塔吐了一口唾沫，"野孩子！"那队小孩看见了，一个高个子指着他："死小鬼，什么地方来的？"竹棍把铁栏杆敲得笃笃响。葳蕤和塔塔被这侮辱涨红了脸，小孩倚在桥上动物一样观赏他们，一个歪嘴小个子比出下流手势。塔塔颜面尽失，不愿离开，也不敢对骂，就这样直挺挺站着。"妈的死小鬼！搞他们！"一声叫喊，对方从桥上呼啦啦冲过来。

"快，往山上跑。"塔塔拽着葳蕤在岩石上跳来跳去，身后脚步声纷乱，葳蕤鞋掉了一只，塔塔回头帮他套好，推着他的腰，一起钻进树林。那队小孩看追不上，捡起石头往对面招呼，石头撞在一起，啪啪作响。葳蕤他们在林子里一气爬上一棵大树，塔塔想想，下树捡石头，裤子塞得鼓囊，再上树。他们透过枝叶看见那群小子叫骂大笑一回，散去。"明天叫我爸带上村里人，把他们一个个脚都拗断！"塔塔带着哭腔立誓。他们在树上待了一会儿，等四周平静，慢慢滑下来。

往回走，听见脚步声，悄悄蹲进草丛，他们看清只有一个人，小歪嘴。塔塔蹲着不动，葳蕤却窜出去，小歪嘴吓一跳，露出张半害怕半谄媚的脸。"死小鬼，很嚣张啊。"葳蕤学着古惑仔腔调，照直往他头上狠推一下。小歪嘴踉跄退两步，一屁股坐地上。葳蕤的脑子里想起小旭，想给他一个脆亮耳光，却下不去手，嗬嗬地往外出气。小歪嘴见没动手，觑个空往树林里一钻，溜了。葳蕤转头说："怎么样，帮你出气。""不要丢脸了，人多的时候，你屁也不敢放一个。"葳蕤瞪了他一眼："比你当乌龟强。"

爬上大坝，用一捧水解渴，他们再往上游走。下游那帮小子手提棍子，甩着石头跑来。塔塔早已料到，领葳蕤到大岩石背后，让他去捡石子。塔塔枪法很准，他们被压着上不来，两边在河滩上离着百多米，遥遥相望。

"嘿……嘿！"山谷传来一声声叫唤，葳蕤从石缝里看，鹏鹏正从路上下到溪里来。"叫鹏鹏来救我们吧。"葳蕤扯了扯塔塔。"不用他，谁敢上来，叫他头破血流！"鹏鹏走到小孩中间，他们说了几句，又指了指，鹏鹏领他们过来。"哇，"葳蕤兴奋地说，"鹏鹏好像是老大。"塔塔不语。鹏鹏越走越近，葳蕤站起来挥手："鹏鹏鹏鹏。"塔塔丢开石头，拍拍手："马屁精！"

7

下鲤村的孩子听说他们想抓鱼，往上带路。鹏鹏对小歪嘴耳语了几句，他自去了。一群人沿上游走，路边停一辆漆着安全生产的摩托车，排气管还热着，钥匙放在车座上。一个孩子经过，抓来随手丢进了小溪里。另一个笑："让你们进来。"

瀑布很高，山崖陡峭，像要朝倒下来，他们得意扬扬地对塔塔说："高吧，没见过吧。""嗤，"塔塔笑，"我村里瀑布你知道多高吗？""多高？""木头早上掉下去，中午才浮得起来。""嘻！你就吹吧。""骗你是狗。"

　　小歪嘴取来渔网，兜着一堆菜。他们围着石头又敲又打，施以爆竹，网了不少鱼，石滩上生火。主人讲待客之道，拾柴的拾柴、洗菜的洗菜、破鱼的破鱼，葳蕤觉得新鲜极了。小歪嘴把火燎得旺旺的，一个孩子问他："小歪嘴，你妈呢？""我妈死了。""你放屁，村里人说你妈在工地和人睡觉，一次五十块。""操，放你妈屁！"小歪嘴拿石头甩过去，那边不响了。小歪嘴颓唐地掏火堆。鹏鹏说："你爸回来没？"小歪嘴小声说："没呢，医生说腰得春天才好。"

8

　　塔塔讨了个没趣，自己去树林削树枝了，葳蕤在火堆旁看鹏鹏指挥，觉得他酷极了，想搭腔。趁鹏鹏瞟他一眼，忙说："你家……"鹏鹏看了看他，目光投到地下。"是我爸死了。"一会儿补充道，"年前死的。"

　　两人一时无话，松枝烧得啪啪响。

　　"听说你在城里念书？"鹏鹏抬起头问。

　　"不在城里，我在镇上。"

　　"你还有念书吧。"

　　"有，有啊，我初二了，你没念书吗？"

　　"我不准备念书了。"

　　"哦。"

　　"你在镇上念书，应该知道得多，知道什么是脑死亡吗？"

"啊？"

"脑死亡，大脑的脑，死掉的那种死亡，医生说我听的。"

"大概，大概就是人没死，大脑就死了吧，不然干吗单单说个大脑呢？"

"哇，"鹏鹏眼睛亮了起来，"你好厉害，和医生说得差不多，那你说脑死亡人是死了还是没死呢？"

"这……"葳蕤答不上来。

"脑死亡的人还会醒吗？"

"这……"

"我爸是脑死亡，他在城里打工，年前去给我买烧鸡，体育馆那家最好吃的。"葳蕤知道那家，并不觉得好吃，油。"买完回来，急急忙忙路上跑，被车撞了。医院打电话到村里，我妈哭了，晚上没班车出不去，医院说情况坏得很。叔叔伯伯和我爸争山，不肯帮忙，大奶奶叫了很远的一个谷什么叔叔？"

"谷谷叔？"

"是，他开车送城里，晚上两点多，路上没灯，风大，我妈一直哭。到医院，大夫说，我爸撞得脑仁搅在一起，脑死亡了，心还会跳，还呼吸，但活不过来了。晚上妈妈睡着了，我听见爸爸叫我，我到床头，他轻轻说想吃家里的柰干。我叫起妈妈，但他又睡着了不说话。我和谷谷叔回家拿了柰干，我爸还是不张嘴，不睁眼。医生说我做梦，他们确诊了脑死亡，脑死亡的人是不会醒的。没人信我。"

"后来呢？"

"后来医生和奶奶他们商量，说脑死亡虽然有心跳，但比没心跳还吓人，是转不回来的，那点心跳要靠插管子才能维持，一天要花好多钱，我们没钱。"

"那怎么办呢？"

"他们不救爸爸了，我在医院闹说爸爸要吃东西，亲戚把我带走了。后面我才知道他们拔掉管子。"

"谁的主意？"

"奶奶说是妈妈，说她是个狠心的女人，我也不信她，她们不信我，我恨她们。"

鹏鹏拿起棍子，火星四处乱飘。

"我妈要走了。"

"去哪呢？"

"说是嫁人，她本来就有病，干不了活，我们和奶奶都靠爸爸给钱，爸爸死了，她养不了我，看不了病。"

"你以后和奶奶过吗？"

"不，"鹏鹏把头转向瀑布，丢了一个石子，"他们想送我去做工，我要去远远的，要赚钱，赚很多很多钱，就不会像我爸那样，没钱，白白死了。"

9

烤熟的东西香极了，地瓜、芋头、小鱼，大家都吃得饱饱的，开始相互揭短吹牛，谁的妈妈不会再回来了，谁的爸爸在工地和谁搞上了。又说敢不敢冬天下水，都吹牛皮，谁也没胆试一试。不知道谁弄来一瓶白酒，塔塔霍地站起，说喝了酒就敢下，拎起来咕嘟一口。葳蕤也被激得热血沸腾，抢过来也咕嘟一口，呛得双眼直瞪，蹲在地下，从喉咙烧到肚肠。他觉得身上哗哗烧起来，得到水里凉快一下，迷迷糊糊脱了外套，风吹来又凉飕飕的。他赶紧拨开他们的嘴，抢来酒瓶，又灌一口。

10

葳蕤觉得身体又麻又沉，整个世界轰隆隆地响，睁开眼睛，头顶是一片火烧云，稀薄处有几粒眨着眼睛的小星星。他朝身上看，自己盖着半条被子，那另外半条盖在酣睡的塔塔身上。一旁奶奶嗔怪："怎么和鹏鹏跑去偷酒喝，害谷谷叔大老远去运你们，要是喝坏了头脑，我怎么跟你爸妈交代。"谷谷叔声音洪亮地说："没事没事，我正好送化肥。"葳蕤把塔塔摇醒，两人发现后斗上装着一大篓柰干，奶奶说是鹏鹏送的。葳蕤想起火堆旁的话，不知是幻是真，乘着记得和塔塔说了。塔塔说："呀，鹏鹏这么可怜，我和我爸说说吧，我爸本来要招工，又嫌事没那么多加个人有点亏，不如叫鹏鹏来，我们一起干。""哇，好主意，"葳蕤一拍车板，"要快点，不然他要被送走了。"葳蕤掏口袋暖手，摸到一个东西，掏出来一看，压岁钱！塔塔一摸口袋，也有！才记起今天是拜年。葳蕤喜滋滋拆开，傻了眼，只有五块钱！急了，问："怎么还有包五块钱的呀。"奶奶笑说："还说哪，下鲤穷，二奶奶还说你们明年别拜年了，送的东西她用不到，还要包红包。夏天的时候，西瓜熟了、柰果熟了、花生熟了，你们倒尽管去玩。"

月亮的主要成分

芍药看见，天差不多黑下去的时候，路灯一齐亮了。

以前她从未注意过这一点。路灯大概是由什么部门统一管理的吧，像拧好发条的钟表，到一定的时候，随着一个无声"嗒"的指挥，统一地亮起来。也许这个部门比较懒，不曾考虑天色的变化。比如好几个月前还热着呢，一直到六点天光都大亮着，灯亮起来就亮起来，没人注意到。现在天黑了，路灯还是这个时候亮，就亮得恰到好处，灯带曲曲折折一直从这条街上延伸到远处的黑暗里去了。

她觉得身上有点发紧，蹦蹦跳跳了两下，又觉得怪异，那种发紧好像是在骨头里的。她机械地搓了搓手，才感觉手有点凉。

现在是顾客最少的时候，要再过一会儿，大家吃完晚饭之后，才会带着孩子到这儿来随便逛逛，买些零嘴，那时候就要忙得不可开交了。帮忙介绍产品呀，拿袋子呀，上秤呀，芍药不希望等到那个时候，忙不说，好像自己私人的空间一下涌进了人，一点点的宽松都没有了。

那只手的触感还在那里，在她乳房的上端、下端，上端三根手指，下端两根手指，停泊在那里。当他把手猛然伸进芍药毛衣里的时候，芍药和他触碰的嘴唇往后惊讶地缩了一下。他没有料到芍药毛衣里面没有穿内衣，乳房的形状清晰可见。

这是女生间的小秘密，秋冬的时候，因为穿的衣服厚，不会走光，她们便把胸部解放出来，当然，不是人人都能这样做的，这是胸部挺拔的少女们的特权。芍药她们还不知道什么是乳贴，有时候乳房和衣物的摩擦会让她全身发热，眼睛湿润起来像刚刚哭过一样。每当这种时候，她就会想起他来，他有一双很沉静很沉静的眼睛。

芍药很少在生活中看见这样的眼睛。妈妈的眼睛，不是一动不动的呆滞，就是闪动着慌乱；爸爸的眼睛，虽然已经很久没见了，芍药还记得他的眼睛，眼球总是在眼眶里四处转动，很不安分。

芍药害怕上学，上学就意味着要放学，放学意味着妈妈总在门口等着她，她为此心不在焉，学习成绩一塌糊涂。

她跟着妈妈在巷子里走着，低头避开行人，以前还会有一些好事的男生跟着她，现在大家也习以为常了。她低头看着宽大的校服里有点开线的卫衣，自从爸爸不回家以后，妈妈没有开店的心思，也没有照顾芍药的心思。她们一前一后走到一个旧单元楼前面。

妈妈披头散发地仰起脸，全身开始微微颤抖，不用发力声音就因为怨恨有了穿透性。

"秦振海，你给我滚出来！"

"你女儿在看你呢，不要脸的玩意儿！"

妈妈拉着她的袖子往前走，她畏畏缩缩地往后缩着，用一点点抵抗的力气表示着自己的态度，但在妈妈近乎疯狂的力量之下，这点抵抗不值一提。当初她们来的时候，单元楼的各层里总会探出一些形状不一的脑袋来，窃窃私语，她觉得自己像在猴山底部的猴子。但渐渐地，没有人再来看了，连居委会的阿姨被妈妈红着眼睛骂退之后也不再出现。妈妈尖厉的声音在单元楼的四壁下回荡。

免不了的，还是会有几个人经过，用诧异的眼神看着她们。芍药低下帽子里的头，用背诵英文单词的方法来忘掉身处何处。

suffer——及物动词或者不及物动词：遭受；经历；

忍受。

settle——不及物动词：安家；定居；停留。及物动词：使定居；安排；解决。

……

在没完没了令她无比痛苦的英文单词里，这两个词被她牢牢记在脑子里。

有一次爸爸悄悄找过她，是在她独自回家的路上，芍药看了想远远绕过去，爸爸挡住她，很恳切地拉住她的衣袖，芍药退让了——她只不过是害怕罢了。

"跃跃，"爸爸很诚恳地对她说，"事情搞成这样，爸爸对不起你。不过婚姻这种事情，无法勉强的，以前我和你妈妈结婚是个错误，现在爸爸提出要离婚，妈妈不同意，连累了你。"芍药的脸在衣服里发热发胀，心里被捏得发痛，她冷冷地说："你是叫我去当说客吗？"爸爸把飘忽不定的眼神收回来，吃惊地看着她，说："跃跃，你误会了，爸爸是来向你道歉的。"

"不必了。"芍药的眼睛看着远方某处，用电视剧里学来的腔调硬邦邦地说话，这种腔调让谁听了都不舒服，包括她自己，"秦先生，我姓邵，叫邵跃跃，我们没有什么好说的。"

她飞快地转身离去，把呆住的爸爸留在那里。

他们坐在一起，他目不转睛地看着他，有人从旋转门出去，带来一阵小小的风和吱呀的声音。芍药觉得，能够直视人的眼睛是一种特别的能力，像她这样的失败者，总在短暂的目光相接之后被灼伤一样挪开。她好几次鼓起勇气重新去和他对视，却总是短促地败下阵来，心怦怦跳着。如果她有宇航方面的知识，她会知道，这是一种宇航员在太空中缺氧的体验，广漠宁静的太空是绝对的纯黑色，好像漂浮着星辰，但又像是虚假的幻象，一种无休无止的岑寂，耳蜗在自顾自地发出单调的声音，背后的氧气瓶里，氧气随着令人极不舒服的粗重呼吸声一点点消失——这是他瞳仁里包含着的内容。

芍药原来不曾注意他，在店里来来往往的人太多了，他渐渐浮现，是因为他总在生意清淡的时候过来，他喜欢穿牛津纺和棉布的衬衫，头发收拾得干干净净。从他白净带着沉吟表情的面容上，看不到什么烦躁和不耐，他安静得过分了。

芍药觉得他在注意自己，自己也注意着他，她和玲玲一起负责干果区，玲玲那块区域靠近街区，她的那块更靠里，因为这样，玲玲的业绩总要比她好得多。他每次过来，总是从饼干糖果区那边走到尽头，再自然地绕到芍药所在的地方。当芍药发现自己总是一而再再而三地遇到他的时候，心里害怕些什么，又在憧憬些什么。芍药给他装秤的时候，眼睛总是看着地下，她知道他在看着自己，地板上的一双皮鞋一动不动。

爸妈还是离婚了。离婚之后，芍药反而觉得轻松了，她不用再背负着妈妈的"我都是为了你，不然早就离婚一百回"的罪名，决定做自己想做了很久的事情，她知道妈妈没法阻止她了，她现在连自己都没法对付。做完决定的第三天，她在街上和一群本身自己不太喜欢的朋友一起晒太阳，他们穿着布满铆钉和破洞的衣服，把头和手臂蹭在一起，窃窃私语。芍药涂着有些夸张的口红，假装潇洒地靠在栏杆上，看着从狭窄的街区天空上飘过去的云。她用眼角的余光看见一个熟悉的身影出现在街区那头，爸爸在对面停顿了一下，然后径直跑过来："跃跃，我到处找你，你怎么能不上大学？你还小呢！来，跟爸爸走，爸爸联系好学校了。"芍药抑制住自己发颤的嗓音，冷冷地说："秦先生，我的事情不要你管。"

周围的年轻人似乎读懂了他们的关系，开始嬉笑起来，一个金黄寸头的男生把手指放进嘴里，尖锐地吹着。爸爸被这场面气得发抖，他把手一指："你就要自甘堕落，和这些人混在一起吗？"有人——芍药已经无暇顾及是谁——从人群里站起来，挑衅地说："老头，你嘴里不干不净说些什么东西？""走，马上走！"芍药转身拉住了小聪的手，"你带我走！"小聪正蹲在地下扭着别人给他的手办，看见芍药坚定的眼神，慌慌张张地带着她跨上了摩托车，疾驰而去。周围的嬉笑喝彩声响成一片，芍药往回看去，几个街区以外，爸爸的脸孔模糊不清，她回过头来，迎面吹来的风撩得她眼睛发痛。小聪有点担心地放慢了速度，想扭过头却只侧了侧身子："邵跃跃你没事吧。"芍药没答，把手伸进他的衣服里，搭在他的腰上。小聪"嘶"地哼了一声，芍药说："你怎么了？""凉。"

那天没什么预兆，老板搬新家，其他的店员都去帮忙了，留芍药和玲玲在店里，玲玲一会儿也推说自己头疼，先走了。他恰巧今天来到店里，也不从玲玲那直接走过来，还是循着老路绕到芍药那里，随便买了几样东西。芍药把东西递给他的时候，他忽然问起了一些问题来，什么芍药多大啦，是哪里人啦，来这干活多久啦。芍药想走开，脚却挪不开，只好简单生硬地答了，他没什么表情，只是微微点头。罢了他用很自然的语气说："一起出去坐坐，好吗？"

芍药知道今晚可以便宜行事，但是外人不知道这点，她想矜持一下，出口却变成："那好吧。"她想再掩饰已经是不可能了。他点点头，站在人行道上等她，芍药笨手笨脚地去关防火卷帘门，统共拉了四次才踩到底。

月亮升高了，从芍药站着的地方就可以毫不费力地看见，它被电线和树枝切割，上面黑色的斑点像山峦突起在芍药心上。她打开微信，和他的聊天对话框的内容停留在昨天凌晨。他的头像，是一个草字，她请教过别人，这是"玄"字，似乎还是来自哪个有名的碑帖。她切换到小聪的聊天界面上，小聪的头像是在码头拍的，皮肤晒得黝黑，穿着一件背心，微笑咧开的牙齿白得不像样。小聪在海鲜铺打工，他的肌肉很结实，虽然他们是男女朋友，但是他们既没有住在一起，也没有发生性关系。芍药觉得零食铺和海鲜铺都包吃住，如果出去租个房间，每年要多出几千块的花费，太不合算。她不喜欢小聪身上那种海鲜的味道，小聪搂着她求欢的时候，她说自己害怕，同时在努力压抑自己对海鲜味的厌恶。路过海鲜铺的时候，她都快步走，不想看到任何一个海鲜铺员工穿着布满血腥鱼鳞的大围裙和大雨靴的样子。芍药没有让小聪换个工作，她想自己不为难他，也就不欠他的了。

玲玲快步走到店里来了。她脱下外套，换上工作服，同时非常夸张地打了一个呵欠。玲玲不是芍药的朋友，却是她在店里唯一能说说话的人。玲玲讲话尖刻薄情，就像她涂了口红的两片薄薄的嘴唇一样。她曾经搂着芍药说："你是不是没和小聪在一起过？"芍药红了脸，不知道该怎么答。玲玲呵呵地笑："小聪肌肉那么大块，你们一起做肯定很舒服的，你真是个傻丫头，年轻人火力这么大，你还让他自己解决呀？"芍药憋红着脸想从她怀里挣脱出来，玲玲却把嘴唇贴到她耳朵上，让她浑身一激灵："你不要，让给姐姐我好不好？"芍药一下把她推到一边，红着脸说："你说什么呢！"玲玲眯着眼睛笑起来："开个玩笑嘛，怎么了？"玲玲的样子让她感到讨厌。

也是在同一家咖啡厅，一次沉默的夜里咖啡对饮之后，他请她吃晚餐。依然还是他说，她听着。她很享受被他语言的烟雾包围着的感觉，他对于她的沉默回应也不着急，依旧不紧不慢地说着自己的话。牛排上来之后，她吃了一小口，忽然抬起头对服务员说："这不是牛排。"服务员和她年纪相仿，妆化得却很老到，眼睛下面点着淡淡的烟熏。她似乎一点也不吃惊，她嘲讽地说："那这是什么？"芍药不看她，冷冷地说："这不是牛排。"服务员说："这不可能，我们这家店开了这么久，从来没人这么说过。恐怕是你没有尝过真的牛排吧，这是我们飞机空运来的。"芍药压抑着和她争吵的怒气，冷冷地说："这不是牛排。"服务员把菜单抱在怀里，两臂交叠着说："你想怎么样呢？给你退了吗？"芍药说："我和你说不上，叫你经理来。"他坐在椅子上不动，略带微笑地看着这一切。经理来了，是个和颜悦色的胖子，问："我有什么能为各位服务的？"芍药把话重复了一遍，经理说："真是不好意思，可能今天烹饪有失水准，向你们道歉，并赠送小食聊表心意。""这不是牛排，"芍药说着把刀叉递给他，"你尝尝吧。"这略带挑衅的话语没有让经理感到尴尬，他向服务员要了刀叉，小心翼翼地尝了一下，微笑着说："我觉得没有问题。"芍药说："你舌头可能出了问题，你们厨师呢？"经理的脸上闪过一丝不快，但很快消失。厨师带着高高的帽子，切下一大块吧唧吧唧嚼了起来，吸吸鼻子大大咧咧地说："我刚才喝了二两白酒，舌头未必那么敏锐。但是我吃的牛排一直就是这样的，不知道你觉得哪里不对。"芍药拨了拨头发："这不是牛排。"经理让厨师先回厨房，笑嘻嘻地说："很遗憾我们的烹饪水平没有令二位满意。二位今晚的菜金我们免了，欢迎下次再来。"他站了起来，笑着说："菜金我会照常付，但是顾客也有提出自己观点的权利吧。"经理像张开双臂要拥抱他们一样，笑着说："岂止是有，我们欢迎这种鞭策和监督。"说着转头看向芍药："这位女士你说对吗？"芍药忽然站起来，指着烟熏妆服务员说："你知道她刚才是什么态度吗？我要她给我道歉。"

　　玲玲换好衣服走到芍药边上，她闻到玲玲身上蕴着一股特殊的味道，她很熟悉的。她忽然抬起头，直直地看着玲玲的眼睛，玲玲的眼神也迎上来，挑衅当中带着一丝杂乱。她继续往玲玲眼球的深处看去，看到玲玲略微发褐的眼珠里，峰谷褶皱起伏不定的图案，她想起了曾经在科教频道上看过的月球环形山，这一座环形山要比月球上的还要更雄伟，它占据了整个球体表面，还在不断地延伸扩大中，被核弹夷平的山口，长着大嘴，向空漠的宇宙表达自己的迷惑。在静默的凝视里，月球和环形山忽然消失了。"哼。"玲玲轻轻地嗤笑了一声，把眼神避过去。"谁叫你把别人当傻子玩，你什么也不是。"她侧过身子抚摸着木头架子，"而且，我也知道最近你在单位宿舍里干的是什么好事。"

芍药说："你知道我刚来这儿的时候是什么样子吗？"玲玲不答，她自顾自地回忆起来。"我刚来的时候，在这坐公交车，到站的时候我小声地叫了一句，开车的可能没听见，直接开过去了，我提着行李很着急，又多叫了几声，还是旁边一个大叔帮我把车叫停了。开车的很粗暴地刹了车，我差点儿倒在地上。我拿起行李往车下面挪，那个开车的还在凶巴巴地骂我，无数的污言秽语涌出来，我只听懂了他说我普通话都讲不清楚。大家都在看我，没有人帮助我，我知道在这种情况下，我只有自己反击，但是我没有。你知道吗，现在我再也不是那个可怜的小女孩了，我也不去关心别人为什么惨，然后把垃圾倒在我身上。"她走到玲玲正面，微笑地看着她，"你知道吗？前几天我从大观城出来要打车，一个副驾驶坐着一个女人的车子开到我边上，问我去哪里，说可以按拼车的价格。当我下车的时候，他却要我两倍的价格，我说不是拼车吗？司机说谁他妈和你说拼车了，我看了一下副驾驶那个女的，她得意扬扬地看着我。"她扳过玲玲的肩头，重新寻找环形山："你知道我是怎么做的吗？我想他们这辈子都不会忘记的。"她看见环形山在收缩，脑子里重新浮现出司机和那个女人惊讶和害怕的表情："你以为我还是那个什么都不懂的小女孩，一个任人欺负的傻子吗？"她在玲玲肩头上的指头因为激动稍稍用了力。玲玲的脸逐渐涨红了，显出脸颊和下巴处搽得不是那么均匀的粉，她忽然抡圆了胳膊，把芍药的手臂一甩，大声嚷嚷着往后退："神经病！怎么会有这样的神经病！"店里的其他店员，像草原上的兔子一样从不同方向抬起头来，一看是玲玲，又迅速低下头去。芍药站在那里，一动不动。

芍药带他回自己的出租屋，今晚其他女孩都回家了，她一进屋就忙不迭地收拾凌乱的房间，希望可以有所补救。他却从后面一下按住了她的手臂。

他们在床上小心翼翼地接吻，他身上有一种洗得很干净的味道。她把他的脸捧起来，说："我叫芍药。"他微微点了点头。她说："你知道什么是芍药吗，你知道我为什么叫芍药吗？"他在她的耳垂、脸颊、颈、肩各处寻找着敏感带，只是略微地哼哼了一声，不想接上这个话题。忽然，他觉得她的肌肉变冷、发紧。他警觉地抬起头："你怎么了？"她摇摇头。

他从后面贴住了芍药，他很狡黠地感觉到芍药的脖颈开始重新发热。他慢慢地把手臂箍在芍药的颈下和腹间，感到她的身体慢慢在自己的怀里放松，他的手指像弹琴一样在她的衣服上点出一个又一个凹陷，他的手指修长、白净，任谁看了也要羡慕。他忘情地弹奏着，却记着绕开那敏感的地带。

她想起在咖啡厅的那一幕，他们点完牛排之后，他起身去上厕所，烟熏妆的服务员来给他们拿柠檬茶，放下茶的一瞬间，她打量了芍药一眼。那一眼中包含着无限丰富的内容，似乎高高在上地对她进行某种裁定。她把我当成什么了？就凭她吗？芍药委屈而不安，呼吸急促，紧紧捏着刀叉。回忆这个场景，她感觉胸闷，她用力地推开了他。吃惊的他很快镇定下来，微笑浮上他的脸庞。他在温柔的抚摸之后，决定将手指在她的胸部一掠而过，感受一下她内衣的质地，从类型上来判断她的性格。但他原本轻柔的抚弄却一下把温热的球体握在手中，他没有料到她的毛衣下空空如也。他为自己忽然间的冒失而尴尬，一次试探性的触摸却因为芍药没有穿内衣，变成了粗鲁的玩弄，他心里有些懊悔，却甜蜜于指尖残留着的柔软触感，仿佛轻轻放下一个刚出生的乳鸽。

在他们认识的第三天，芍药破天荒回了一次家。旧院子旧楼道像模糊的剪影。半年前芍药和妈妈大吵一架离家出走，换了手机号码。她没怎么做好待会儿见面的准备，但是时间紧迫，来不及考虑更多，门没上锁，她推开了门。

屋里陈设如昨，电视开在戏曲频道上，音量很小，妈妈坐在沙发上，头发乱糟糟的，双腿夹着手，背对着她。芍药想不出来自己该怎么叫她，嘴巴张了张出不了声。她挪到一旁的餐桌上，想看看妈妈吃的什么菜。她只看见一个小小的炖奶锅，里面煮着一坨灰色的泥一样的东西，像是土豆，还有一些莴笋和菜叶的隐约形状，黏腻地搅和在一起。脏兮兮的筷子和勺子丢在一边。她回过头的时候，妈妈正在瞪大眼睛看着她，她心里知道，妈妈差不多已经精神失常了。

邻居的阿姨听见响动走了过来。这些年父母发疯一般的打架摔东西已经把左邻右舍都得罪光了，芍药见谁都很陌生。这位阿姨很平静地告诉她，自从丈夫和女儿相继离开之后，她的记忆力和情绪越来越坏，已经不能再去单位上班了。但好在她还能照顾自己的起居，每个月也有人汇点钱来，阿姨说着在屋里摸了一阵，递出几张没有填写汇款人的汇款单。阿姨很平静，像在说着不相干人的事情，芍药听得也很平静。妈妈坐在沙发上，认真地用指甲抠着旧沙发上的一个破洞，把它越抠越大。

从楼梯下来的时候，她吃惊地看见他站在楼下看着自己，他拿出一个信封，递给芍药："我知道阿姨的情况了，我的一点心意。"芍药喃喃自语："你这是做什么？"

在回去的车上，他们第一次接了吻。

他走了。走之前回头看了她一眼，轻轻合上门。整晚她都躺在床上，失眠。今晚的她，又潮湿又柔软，像一块牡蛎等待被人开启。现在她躺在深海一样的深夜里，四处一片黑暗。

开始有顾客三三两两地走进来，每个人走进来都给芍药带来一点微弱的希望火苗，又很快吹熄它。芍药后悔昨晚之后自己没有和他联系，没有问一句他今晚是否会再来，即便现在问也完全可以。不安和矜持同时阻止着她。等待让人煎熬，在一点一点销蚀自己的信心。她才想起来自己和他仅仅认识不到一周，其中的情绪却像是蜿蜒翻滚了半个世纪。

才到这儿的时候，芍药最想到服饰专卖店去做导购。在那里不仅可以穿上免费的漂亮衣服，店里光滑的地面、气派的装修、整齐闪亮的衣物、颇有设计风格的胸牌，都让她向往。但在面试的时候，她表现得很令自己难堪，当几个面试的人交头接耳朝她投来目光的时候，她衣服下的身体不停颤抖，她知道面试完了，但没有人顾及这一点。一个男性面试者侧过脸向店长，一个穿着崭新制服的女人打着手势说什么，她开心地笑了起来，捂着嘴，睫毛一下一下碰在一起。

他们在一起躺着的时候，她找寻着机会，好不容易把这段事情吐露到空气里。他眨了眨眼，转过身抱住她，把脸埋在她的胸脯里，轻轻地说错的是他们。过了一会儿，他抬起头，眨了眨眼，说："但是，他们倒也没错，我设想不到，那样的地方，他们那样的人，可以欣赏到你的美。"他的手指背在她的脸颊上摩挲。

想到这里，芍药不禁浮现出笑容，然后笑了起来。短促的笑声在人来人往的店里显得很突兀，一个手里拿着甜筒的小男孩吃惊地望着她。

昨天她又回了一趟家，她打扫了家里的卫生，晚上四下都安静了，她蹲在沙发前帮妈妈洗脚，最近天冷了，妈妈的脚很久没洗，有些开裂，黑乎乎的脚后跟里嵌着暗红的血口子，一晚上她给妈妈泡软了，泥都搓了下来，拿着碘酒蘸的时候，妈妈眯着眼睛哭叫起来，发出很不好听的声音，芍药给妈妈上着药，眼睛里发热。芍药给妈妈洗了头，吹干了头发，换上芍药新买的睡衣，妈妈安安静静地躺在床上，闭着眼睛，像一个用旧了的洋娃娃。芍药安静地坐在床沿，她的头遮着一半的灯光，把影子投到妈妈脸上。她有许多话想和妈妈说，要是妈妈能听懂多好呀，她什么也没说，就这样坐着，心想：妈妈，生活不完全都是你告诉我的那么糟糕，我觉得我们的日子要好起来啦！

当然，自己对他也不是完全满意的，比如说他长得不够高，也瘦弱，她还是喜欢强壮一些的，或许以后可以督促他去锻炼身体，让他把烟戒了，虽然他衣服上的烟草味并不难闻。他并不想积极地了解我，比如为什么我叫芍药，比如我心心念念想到更好的店铺里去工作，他好像知道，又不知道，我怎么好开口问他呢，他好像对什么事情都不着急。想着，芍药的脸又红了起来，或许他也不满意我吧，我情绪总是容易失控，我心里总有那些可怕的、危险的、我也难以控制的念头。她脑子里又出现出租车司机和那个女人惊骇的脸，这让她全身发热、发麻。她努力控制自己不去想这些，我可以改变自己，让自己变得柔软，为了他。我会告诉他这些，在今天晚上。

她心里安静不下来，身边一个老妇人问了她三次果品的价格，她才反应过来，急急忙忙告诉了她。老妇人露出了老阿姨特有的、讥讽鄙视的笑容，芍药又感觉血冲上了头顶，为了不爆发冲突，她极力控制着自己，返回到仓库里，喝了一口水。

等她走回店铺的时候，她看见他走来了。

他还是穿着简单而让人舒服的衣服，毛衣、法兰绒衬衫、羊绒外套，周围的居民很少这么穿，他们大多套着臃肿的睡衣，手指在鼻孔里掏来掏去。但这一次他的行进路线有所不同，他没有走向饼干糖果区，而是径直往玲玲那走去。

芍药的心怦怦跳着，他的一反常态是因为受人指挥，他低着头对一个小女孩说话，小女孩扎着辫子，大概两三岁，仰着头发脾气。他们后面站着一位女人，外套搭在手臂上，微笑地看着这一切。

芍药还来不及产生什么更沉痛的体味，她只想把那个女人看清楚，她面容白净，妆容适度，说不上漂亮，有些冷冷的，气质很好，一望可知生活在较为优裕的家庭里。黑色的高领毛衣包裹着肥瘦适度的身材，一条白金项链随着她的走动，在脖子周围闪着光。“啊，他喜欢这样的女人，这样的女人是他的妻子。”她想离开，腿使不上力，脑子里只能旋着这些单调的想法。

小女孩看了一阵零食，噘着嘴，朝芍药这走过来，她的父母也跟了上来，玲玲侧身让过，看了芍药一下，眼里没有任何惊讶，甚至找不到其他的意味。这个时候芍药才像被人狠狠抽了一耳光。是的，玲玲不惊讶，因为她早就知道，还是她早就把我当成某种人？芍药控制着自己的呼吸。

他们一前一后跟着小女孩，她一言不发，他絮絮叨叨地说着逗孩子的话，声音熟悉、暖和，他的眼光没有朝这里看。不管他们看到没看到，芍药站得笔直，努力调动着脸颊的肌肉，给出一个微笑。他们选好了一款干果，芍药拿着袋子准备递给他们，他们却从一旁自己取下了袋子，小女孩手里拿着塑料铲子，把坚果的外壳拍得啪啪响，芍药像弹簧一样迅速退回原位。滴答，芍药的手机响了，她掏出来，是小聪来的微信，只有两个字——"婊子"。她感觉到玲玲似乎在什么地方看着自己，她朝着暗下去的手机屏幕做出一个微笑。

他们拿着东西朝自己走来，芍药期待着看他的眼睛，她如此熟悉他的瞳仁，在这个微型的银河系里，她是一个优秀的宇宙研究者。她会从里面找到足够丰富的、自己需要的信息，她准备依靠这些东西原谅他，不，她并没有恨他，没有怪他。

他朝她看了一眼，眼里什么也没有。

芍药不知道原来瞳仁可以关闭，在睁开眼睛的情况下也可以关闭得不留一丝缝隙。恒星一个个熄灭了，银河系一片死寂，黑色退隐，变成一道无限延伸的、光滑无比的白墙，你休想在上面找出任何痕迹。

他们一共买了好几样，芍药耐心地帮他们上秤，她脑子乱得很，目光在一大堆标签价上滑过去，却总也找不到要找的。女人却很耐心，也不知道为什么忽然对芍药有了兴趣，说："小姑娘，你很漂亮，活也干得好，多大啦，哪里人呀？"温和的日光灯让芍药眩晕，为什么站在那里的不是我，站在这里的不是她？芍药艰难地回答着，勉力控制自己不去恨她，但那冰凉的东西却不断刺进来，刺进来。

她包好东西，鞠了一个躬，目送他们离开。

一切都毁了。她得离开这里，回到家乡去随便打一份什么工，因为她必须照顾母亲。但在此之前，她必须做一些事情，在她的残破的人生彻底毁掉的背景音里。她在谋划，又在极力控制自己的念头，地面的月光到底是什么颜色，细丝般的金色，还是银器的反光，她发现自己失掉了对任何颜色的辨别力。

月亮已经升到看不见的地方，高高低低灰蒙蒙的楼房遮住了它，月光从高处倾泻下来，笼罩着潮湿的大地。

羊事儿

一

羊栏在溪水上，在芦苇上。我弓腰走进羊栏，迎面是一股黏稠而沉重的味道，那是羊粪便的味道，它们在过去的几个小时里成群地从羊栏的竹板间往下掉落，周身潮湿，堆积在芦苇根部，养肥它们伸到羊尾巴上去。堂弟打开了羊栏上悬挂的煤油灯，光晕之下灰色的蚊群如同炊烟散起，慢慢贴到灯罩上，发出让我不舒服的嗡嗡声。我们踏在竹制的羊栏上，鞋底发出吱嘎嘎的声响，听见声响的羊在里间爆发出一阵急雨一样的噔噔声，那是几百只坚硬的羊蹄踏在竹板上的声音，声音自近而远，至几声靠在竹墙上的闷响为止。叔叔从我们身后进来，把羊栏的门从里边闩上，手提乌黑的篮子里针筒和疫苗碰得叮当作响。叔叔打开了里间的灯，竹墙的缝隙里柔和的光泻了出来，伴随着一股蓦然升起的羊膻味。我走向里间的门口，扶着门框往里边看，叔叔已经搐了一只小羊在手腕下，药水从针筒里格格下落，剩下的羊呈三角形，如同被掀翻的棉被歪斜地靠在角落里，一些灵活的羊爬到了羊群的身上，不断地变换着腿保持平衡，它们的脸全都朝着我，眼珠乌黑，嘴巴整齐而灵活地咀嚼着。叔叔把一只小羊丢到了我和堂弟的身上："看好！"我们把小羊推到角落，不断有注射完疫苗的羊从里间摔到了外间的地板上，它们用两个前脚支起身子，形成一个努力而可笑的三角形，慢慢地从地上爬起来，被我们驱赶到角落去，支起的羊尾巴下边，黑屎球若无其事地从粉红的屁股里掉出来。

从里间摔出来的羊越来越多，外间很快变得拥挤不堪，堂弟用脚踢屁股的方式把羊全都推挤到角落里去。羊比其他的动物都要省事一些，它们被驱赶到角落去，便不会再想着跑出来。在角落找到一个地方卧下来之后，它们便安心地在那里磨牙反刍。膘肥体大的羊也安心地让灵活的羊爬到它们的头上去。但是它们爱光，和所有的哺乳动物一样，当我们完成了这个羊栏的疫苗注射，开门离去时，门口涌进来的光开始牵着羊群往外走。一只长着黑胡子的健壮山羊脚步轻盈地向门口蹿过来，叔叔一脚踢在它的面门上，它往后一仰，躺在竹板上，讪讪地爬起来，打了一个响鼻。门关上了。

二

　　叔叔在这里养羊已经有好些年了，羊群的规模不小，溪边和山上总共有三个羊栏，山上还有一排黄泥屋，是夜里看羊用的。叔叔养羊的效益我不知道，想来是不错的，不然也不会一做好些年。我曾在离羊场好几里的村大队破墙上看见村里的人才榜，叔叔的名字赫然在列，紧随其后的头衔就是养羊专业户。但这次注射疫苗他显得不太高兴，离开溪边羊栏到山上去的路上他一声也不吭，显得那天下午的蝉叫声特别大。在院子里吃晚饭的时候，我听到叔叔用土话向婶婶讲起最近起来了一种羊病，厉害得很，疫苗不知道能不能管用。那时我正在吃蘑菇，我们亲自去森林里采摘的最美味的一种，它通体乌黑如煤炭，口感有些涩，但是极其鲜美，由于难以清洗里面总会有些细沙。叔叔光着膀子一碗一碗地喝啤酒，胸前有些细汗。婶婶听着叔叔的话，一句话也没说，赤脚走进厨房把剩下的半碗汤端过来，堂弟把嘴里的骨头吐到猎狗的脸上，叔叔喝下一碗酒，接着边叹气边继续刚才的话题。院子四周都是晾晒着的蘑菇干，清香怡人。堂姐走过来说想待会儿去下村玩，那时天已经黑透了，叔叔把筷子往桌上一顿，起手就打在堂姐的手腕上，暴躁地大声骂人。堂姐哭丧着脸走出院子去，堂弟幸灾乐祸地笑着，赶忙往饭碗里倒了一杯啤酒，趴在地上的猎狗也许觉得很无聊，摇摇尾巴往外走。婶婶从厨房里出来，骂叔叔是神经病，有话不会好好说，这时羊栏的羊叫了，叔叔拿起院角的手电就往外走。

这是坐落在东南丘陵里的一个小山区，你通过一小时一班的农村客车从县城颠簸四十分钟，在一个三两成群的泥屋聚拢的地方下车，抬头往马路左边望望，一条宽阔的山路往前延伸，目之极处的青山下是一排小房屋，那就是叔叔养羊的地方。羊场地处偏僻，离最近的自然村四里地，到乡上的集市十多里，我们的主要出行方式是步行，虽然路上白天每隔一小时就会有汽车经过，但我们还是固执地用步行，时间大片而空白，如同天上的云朵和山中的羊群。走吧，汗滴在灰尘里，脚踏在碎石上，有汽车从身边经过，车后扬起一大片昏黄细腻的灰尘，村里有人告诉我，上帝造人用的就是这样的微尘。

没什么娱乐，如果听溪水流动和羊群走动不算是娱乐的话。天一黑就感觉人生漫长得没有尽头，闭路电视天线没有架设到这里，后来叔叔从货郎那里弄来一个机顶盒，我们一下可以收到几百个电视台，包括邻国的电视频道。但这样的机顶盒是非法的，很快信号就被屏蔽了。一般而言，我们的娱乐是坐在小院子里纳凉，看着叔叔的烟头一明一灭，婶婶则在厨房里对付一晚上直到上床睡觉。

利用钟表来掌握时间大概是进入工业社会后才普及的事情，羊场的生活纯然是农业时代的风气，所以钟表也全无用处。我们只观察太阳的起落，不知也无须知道精确的时间。对我而言这似乎要加强锻炼。这里除晚饭外饭无定时，许多进食都发生在晨曦待露，雾气氤氲的灶头和匆匆行进的山道上。我在彻夜大睡之后从竹席上起身，走出门去，天气阴晦，四周无人，唯有苍蝇飞舞，我分不清是上午或是下午，只看见满山遍野若隐若现的山羊和水牛。青山包围了羊群，羊群包围了我。我不用去找人，因为他们和我一样，都在羊群里，只是远近的距离。我走进厨房，装满一海碗白米饭——米饭尚温，坐在桌前开始吃饭——我不确定是早餐或午餐，桌上有几碗菌类、一碗笋，还有一大盆羊肉和羊汤。我想起来了，昨天死了一只羊，这不是一个好消息。

我喜欢清早把羊群赶到山上去的场景。清晨，山腰聚拢着雾气，雾气也从溪水里升上来，我们打开溪边羊栏的门，把羊赶到山上去吃食。羊群抖擞着毛发成群往前行进，蹄子抵在地上声如剥啄。小羊跌跌撞撞地跟在母羊身后，犄角如新笋直立，嘴巴如刀刃划开，露出鲜红的羊舌。成年羊的犄角往后翻卷，灰暗坚硬，它们趾高气扬地往前走，目不斜视。每赶一段距离我们就需要停一下，把脱队的羊赶回来，等待落后的羊跟上。

这个时候我喜欢玩弄山羊，我挑了一只比较大的公羊，双手握着它的犄角，来回扭转，它稍稍抵抗便顺从了。我跨上它的背，想骑在它的身上，它把头猛然垂下，我从它背上滑落下来，我又跨上去，它又垂下头，如是几次，我觉得十分无趣。好些公羊的下巴上垂着一些肉瘤，它们像风铃垂挂在公羊的胡须中间，我把它们捻在手上，肉瘤的表面被白色毛皮所覆盖，摸上去很饱满。我用劲捏了一下，公羊没有像预期那样剧烈挣扎，剧烈挣扎导致肉瘤被撕扯是我恶意想看到的，但是公羊只是毫无表情地看了我一眼，摇摇头摆脱趴在它脸上的蚊蚋。我走到一只忙里偷闲吃奶的小羊后面，猛然把它抱了起来，这只小羊和一只成年的雄猫差不多大小。奶头的忽然离嘴让它十分诧异，我像是抱起了一个电动玩具，它周身都在有频度地抖着，嘴巴大张，咩耶耶耶耶地大叫着，嘴巴里喷出热气，四肢在空中往四个方向伸直。哺乳的母羊向这场闹剧看了一眼以示抗议，随即低下头去。

我们重新出发，猎狗时而在羊群前时而在羊群后，四处跑动，还会一个纵跃跳到路边土坡上，弄得毕毕剥剥地掉下不少土块。堂弟挥舞着系着一个破塑料袋的竹竿，兜满风的塑料袋发出尖厉的声音，恫吓着羊群往前走。到了一个开阔山谷地带，可以清楚地看见三面山坡上的青草和树林。横亘着的小溪上有一块平坦巨大的石头，溪水从石头缝隙里往下流泻，我们在这里把羊群散开。我和堂弟蹲下来在溪水里洗脸，猎狗凑过来低头喝水，我们把它一下推进溪水里去了。

三

我们并不是这里唯一的人。叔叔建在溪边的小屋对面是两排房子，一排高大，我们叫它仓库，一排矮小地偎在仓库腰间，似乎可以住人。两排房子后面是一座水泥楼，三层高，但是无门也无窗，背后一道水泥梯通到楼顶。这是水库，里面装满了从溪流中引来的水，水管再将它们运送到乡里去。我和堂弟常跑到水库的顶上去，主水库只开了一个小口，我们往下看，里面一丝光也没有，水黑得像墨汁。旁边是备用水库，如同露天水池，我们在里面游过几次泳。我把这事告诉奶奶，她说不能这么做，会有过的。奶奶在下村，喝的也是这儿的水。水库顶上光溜溜的，什么栏杆也没有，我们站在顶上往下看有一种刺激的眩晕感。叔叔的小屋像是一个火柴盒摆在山坡下,一会儿从火柴盒里走出一只火柴,那是婶婶,她抬眼看见我们站在水库顶上,状似狼牙山壮士,便嘹亮地吼叫道:"还不给我死下来!"一边刷刷地淘米。

但仓库里没有住人,后面的那排房子也没有,我们倒是更相信水库里住着一只水鬼或者蛤蟆精。仓库何时建起已不可考,它的主要作用是作为一个休息场所,每个季节都会有不同的人到这里来干活,有四川人,有江西人,还有安徽。他们来了把仓库大门打开,中午铺两张草席睡在仓库门口,享受着穿堂风。他们做的活计很繁杂,有伐木、采茶、开路等等。他们还会在深夜的时候拿着手电去抓石鳞,石鳞是一种生活在山涧中的蛙,在市场上是高价。他们深夜穿着水鞋,带上手电筒,溯溪流而上,往乱石涧里一照,要是石鳞在那,就趴着不动了。这样一晚上从山脚照到山顶,能抓到小半麻袋。

有时候活计多,他们也会在仓库里住上一小段,成为暂时性的邻居,仓库门前架起一溜衣服,垒起一个简单的灶。他们的语言很拗口,嗓门挺大,有一个四川的汉子很是黝黑,不大说话,和他的老婆一起住在仓库里。我们不怎么来往,倒是经常听彼此说话,一天晚饭时,仓库里咣当地响了一下,我们的院墙很矮,坐在院里的饭桌上可以直接看见对面的仓库，库门猝然被推开，四川人的老婆被揪着头发压着脑袋，从仓库里倒退着出来。四川人在女人背上擂了一拳，转头看见我们几张咀嚼的嘴，放下手走回仓库。他老婆激灵地"嗷"了一声，捂着脸，看着我们，也走了进去。从女人被推出来起，我的心就忽然被揪紧，总觉得叔叔或者婶婶会站起来说些什么，我也做好了随时站起来的准备。但我只是一个跟随别人的人罢了，我发现饭桌上的其他人只是往仓库那看了一眼，没有任何表示，甚至没有停止咀嚼，我才发现自己嘴里的饭菜都要凉了。我忽然很为我的大惊小怪羞愧，我调整了一下坐姿，略带夸张地嚼着嘴里的饭菜，坦然地看着这场闹剧演完。忽然旁边爆出一声如雷的巨响，但又显得浑浊，那是叔叔的手掌拍在大腿内侧的声音。叔叔把掌中蚊子的尸体往腰上抹抹，说那个四川人夸过他养的羊，说能卖好价钱。

四川人还会养蜂，他在仓库旁边的柴房里放养了一窝蜂，但到割蜜的时节他没再回来。又等待了半年，还是没人回来，新来的人没有带来四川人关于这窝蜜蜂的口信，甚至他们根本不知道这窝蜜蜂的存在。我们终于在等待无果之下打开了柴房，割下半个麻袋那么大的蜂房。蜂房中的蜜装满了整整两个水桶，在切蜂房的时候，婶婶割下两块乳白色的蜂房内壁塞进我和堂弟的嘴里。六边形里涌出的黏稠蜜糖淹没了我的意识。

　　我问过是否羊场是整个乡里最偏僻的地方，但是叔叔告诉我不是的，离这里两座山的距离有一个首阳村，叔叔在追迷路的羊时到过那里，进那座村子的唯一道路是陡峭的山路，而我们离公路还不算远。我问到首阳村要往哪条路走，叔叔一指山上，到那里，就可以看见村子了。我抬头看去，那是遥远山顶上的一棵大水杉，从这里目测，至少有二三十米高。

四

　　养羊不是一件容易的事儿。每当夏天到羊场去的时候，我都想要加入到追捕迷路山羊的任务中去，因为可以深入幽深苍翠的山里，也许会见到白垩色的巨大树木和隐藏在林间的瀑布，这些对一个少年来说是极具吸引力的。在森林里追捕山羊会遭遇到两个阻碍，一个是山间地形急雨，一个是夜晚的漆黑。我在第一次追捕脱群山羊的行动时，还未遭遇到这两个阻碍中的任何一个，就提前退出了。路过竹林时，缺乏免疫力的我被其中的花腿蚊子咬得双腿隆起，既酸且痛。余肿一个夏天才消。

　　最可怕的还是夜晚。牛羊归栏都在太阳下山之际，检索一遍天已经擦黑，点数时发现有一只公羊不见了，天上没有月亮，星星也少，阴云围起，羊场一点微弱的光被围在黑暗的波涛里。叔叔什么也没说，带上雨披就和婶婶提着手电出门，手电的光在这样清澈的黑暗里延伸得特别远，描在山腰的桑树林上，随着行走一上一下地摇动、转弯，消失在山坳里。我和堂弟吃完晚饭坐在阁楼打牌，两人的牌局很乏味，牌也老旧不贴手，我正要放下一对 K，窗外嘎嘎作响地亮起粗大的闪电，接着是摇撼屋子的雷声。雨点斜斜地打下来了，像弹珠点击在头顶，小屋的天花板很薄，雨点像马上要穿透瓦片落在头顶上，外面的引水沟发着浑黄的吼声。我望向天窗外的一小片夜空，一对 K 愣在我手里，迟迟没有打下来，堂弟手指点点铺在地板上的两张 J，不耐烦地看着我。牌局重新开始了，我们出牌变得像急雨一样，快速流畅，扑克牌瘫在地板上四处流泄滑动又很快整齐地回到我们手里，直到窗外出现一声山羊的闷叫。堂弟飞快放下扑克跑出去，我走到门口一看，叔叔在雨中拽着一只公羊的角往前拖行，公羊吊着眼睛闷叫着，只有两只后蹄着地。婶婶把羊栏门打开，叔叔把公羊甩进羊栏，"咂"的一声摔上门。堂弟从雨中跑回来告诉我事情做完了，只是叔叔在山上跌了一跤，腿划破了。

当天重新亮起来的时候，我和堂弟被吩咐到公路上去找叔叔。有一只羊吃了山上罕见的毒草，发了疯，口吐着白沫往外边歪斜着跑，叔叔追到公路上拿住了它。
我们从山路疯跑赶到公路上时，看见叔叔在费九牛二
虎之力攥住疯羊的犄角。这只疯羊不知道从什么地方一
路跑出来，遍身都是露水和黄泥，上边附着蛛网和花
瓣。它口角流出令人恶心的白色沫子，大肚皮浮肿得触
目惊心，不断从口鼻处喷出热气。虽然它看上去如此狼
狈可怖，眼睛也渐渐变为红色，但依然看得出来原是一
只骏美健壮的羊。叔叔和它角力得有些累了，示意堂弟
过去帮一把手把羊压住，他再想办法。堂弟走过，手
分别拿住羊的头和脊背，但并没有把它的头和脸死死按
在地上。叔叔略松开手，疯羊忽然猛地跃起，挣开堂弟
的手，往前跑去，但很快歪斜地倒在地上，叔叔大声骂
了一句，在疯羊还想爬起来的时候，箭步上前，一脚踢
在疯羊的脸上。羊头撞击在柏油路上的钝响和犄角顿地
的格格响声让我不舒服，堂弟大张着嘴站在我旁边，一
声也没出。叔叔毫不间断地朝疯羊身上踢去，我觉得很
残忍，又很刺激，想扭过头，但是还是看了下去，仿佛
听见山谷里都传出回声。疯羊喘息声和哀叫声渐渐地小
了，奄奄地瘫在地上。叔叔转身握着它的犄角，开始把
它往山路上拖。疯羊身子很沉，皮毛在拖行时发出了像
拔草一样的卜卜声。叔叔拖着疯羊一路去了，山路上留
下一条湿漉漉的拖痕。

在山上活动时，我们经常散开，隔着很远，主要的交流方式是一种大声的叫喊，这是一种我至今没有学会，也听不明白的交流方式。羊场小屋的后山坡势平缓，可以便利地通往周围的几座山峰，走在我前面的堂弟忽然停下来，西边的山上传来婶婶高声绵长的喊叫声，堂弟皱着眉，侧耳倾听一会儿，大张嘴巴，以一种更加巨大嘹亮的声音喊了回去，清脆的发育期声带的声音回荡在山谷里。交流在我未理解的情况下完成了，堂弟忽然转头告诉我："快跑，过龙了！"在我还在诧异时，他已经向前飞奔，目标是山腰上的黄泥屋子。黄泥屋子仅在七八百米开外，我无法理解为什么要用这么惊慌的步伐去靠近它。在我努力地想要去跟上堂弟的步伐的时候，右侧的竹林忽然尖厉地呼叫了一声，接着我看见昏黄的带有牛粪气味和茅草屑的灰尘扬起来，随之而来的是四面忽然暗下来的天色和即刻聚集的乌云，我被这突如其来的变故弄得有些慌张。到黄泥屋路上隔着一个小谷地，要过一座杉木桥，顾不得了，我在越来越暗的天色下往谷底冲，冲锋的雨滴像尖锐的信号弹打进尘土里，枯黄的竹叶在我眼前纷飞，溪流近在眼前。踏过杉木桥，桥身和群山一起抖动，我抹了一把脸上的雨水，跳进阴湿的黄泥小屋里，门外天全黑了。

想象中的龙经过山谷时，总是带着一团尖利的急雨狂风，山民把我们刚刚经历的地形雨成为过龙。我和堂弟在十五瓦的电灯下用脚拨拉着竹片听了十几分钟龙的吼叫，随着窗外慢慢亮起来的天光，龙已经离开这片山岭了。

我们走出门去，在土坡上四下张望，溪流的水壮大了一倍，溪畔的花草偃伏在水中顺着流向摆动。四周的山坡上，都出现了深浅不均的浅红色伤口，那是山的内核。雨后的山坡吸饱了水，往往自承不住，滑落下来，造成土坡塌方。我们沿着土屋右边的小道下山，一个拐弯，就看见建在土屋右侧的羊栏被滑落的红土埋住了半边，婶婶已经拿着一个锄头在土堆上把红土往外扒拉。我和堂弟很快也取了锄头过去，踏在红土上，感觉像踩在了糕点上，松软轻柔。红土吸水性极强，踏在上面的脚很快沾起了一大块泥土，抬脚也觉得吃力，我走到边上往脚底卸泥的时候，婶婶也把沾满泥土的锄头往地上磕了磕，和我说："你会读书是真好，以后和你爸爸一样做体面的工作几多俊，像我们这样养羊做粗的，一天到黑累了个好死，几多苦，你弟弟不好好学，以后也是跟我们一样。"我轻轻看了婶婶一眼，想知道她说这个话是真还是假，但是我没有看出来，她把眉头皱得非常厉害，脸上充满厌恶的表情以至于有些变形，在这样变形的表情下，是看不出真实的想法的。

五

叔叔是父亲唯一的弟弟，比他小五岁。"文化大革命"时期他们一起在学校抄写大字报。他们对大字报上的内容并不感兴趣，却依靠抄写大字报练出了一手不错的书法。爷爷那时作为生产队的骨干，虽然一字不识，"文革"也冲锋在前。家里摆满了长矛大刀，白天就到乡里去参加武斗，保卫他未曾见过的毛主席。但爷爷留下了心眼，在天黑之后会在街上翻倒的书堆里挑出一两本完整的，给我父亲他们带回去，虽然他不识字，"文化大革命"也积极进取，但他却知道书是好的。"文革"结束后，父亲考上了师范学校，到镇上当老师。叔叔成绩差一些上了高中，高考失利之后就辍学了，留在村里，在离我爷爷家不远的地方养羊。

少年时，我每年都要去乡下消磨一整个夏天，在羊场和爷爷家之间来回往返。母亲对我经常空手而回的样子很不满意，她问我有什么带回来吗？有时有的，多是奶奶做的一些小吃或者笋干什么的，有一次还有叔叔猎到的一只麂腿。但是最后越来越少，一般没有什么。母亲据此对父亲说："你看你这样的弟弟吧，弟弟养羊哥哥一年到头连一只羊腿也没得吃，也只有你家才有这样的弟弟。"父亲一声不吭,半晌才说:"我们现在不是活得很好嘛,别人的东西我才不要,也不想去争。"

我不知道为什么叔叔和父亲的感情变得不好了,只是从分家开始吗?有一次父亲带我去游泳,忽然说到他少年时夏天经常和叔叔两个人在河里游泳,一游就是一下午,就像是我和堂弟游泳那样。我隐隐约约知道一些事情的,所以叔叔极偶尔到我家里来,我总是热情地端茶送水,我给他讲笑话,有时他会笑一下,他的笑容和我父亲一模一样。当他们都笑起来的时候,他们不仅仅像兄弟,而是像同一个人。但是这种两兄弟同时笑起来的场景好久没有再出现过。在羊场的时候,那些无聊的夜晚,我凑近叔叔身边,给他讲一些我白天在书里看到的故事,前边还能讲得好好的,后边开始胡编乱造,但是叔叔在听我胡编乱造的时候很开心,他有时也会说一些他以前读书的事情,但是不多,就那么几次。后来我发现他不爱听我说的故事,于是也不再说了,他提起的那些少年事,也重新成了秘密。

六

在我眼前的这只猎狗全身乌黑,尤其是鼻子,闪现一种宛若油漆的光辉。它将呼哧呼哧的舌头往鼻子上一舔，起身往院外去。它用左前脚支持身子，右后脚不时点地以维持身体平衡，走得很慢。这只是一头土狗，没有任何名贵的血统和头衔，从小被用来训练追踪亡羊、护卫羊场，所以我对它猎犬的头衔存疑。山里的狼和老虎已经绝迹许久，现在存留较多的大型野兽是野猪，山民为捕捉野猪，经常在山野中放置捕兽夹来捕猎，但是常常误伤其他动物。叔叔家的这只猎狗就连续三次在不同的腿上被野猪夹咬住骨头，哀叫着从山上一路拖着铁锈斑斑的夹子跑回院子里，叔叔给它解去一次，敷上药，又解去一次，又敷上药，如是者三。

羊肉有一种特殊的香味，缭绕在颤抖的肥肉、柔韧的羊皮和浑浊的羊汤上。当这种香味摄住鼻子，进入食道时，我对它的喜爱是疯狂而毫不停歇的，我目光灼灼，几乎想把这一盆羊肉一气吞下。但是，在我吃下若干块之后，香味背后藏着的油腻蒙上了我的意识和眼睛，我忽然感觉我一块都吃不下去了，放在面前的一桌羊肉像一堆土坷垃一样对我毫无吸引力。若干年后，我在苦寒的北方大口吞咽羊肉泡馍，脑畔总会想起那一桌羊肉浓郁的香气。这桌羊肉宴来自昨晚死去的一只羊，它的死亡像饭店的菜谱随意地摆在了桌上，它的死对羊场来说不是一个好消息。

晚上我躺在阁楼上入睡，闭着眼睛听着窗外极其清晰的溪流声，仿佛我正在溪上飘荡。而装满羊肉和竹笋的胃也使得我的肚子鼓鼓囊囊，流动着不安的气体，我感觉自己仿佛是一个泊在床板上的气球，消化不良让我迟迟无法入睡，脑海里四处转着念头。

在夜里大概三点，我拿不准，我处在朦胧的睡意和对自己无节制的食欲的悔恨上，半睡半醒。忽然楼下一声高亢的狗叫，接着是暴雨一般的狂吠，可以想象出狗爪子和狗的脸颊撞在院子铁门上的情形。吱呀一声是铁门开的声音，我正在怀疑这是否是一个梦的时候，叔叔恼怒的一声大吼彻底把我唤醒。我光着膀子往楼下跑时，一阵摩托车马达的声音自近而远地离开了我。

我在楼下遇到了跑来跑去、语无伦次的堂弟。

"做什么？怎么搞的。"

"有人来偷羊，鸡婆养的！"

"人呢？在哪里？"

"骑摩托车跑了，我爹去追了！"

"羊被偷走没？"

"没有，小黑发现他，我们就出来了！"

这时我隐约看见叔叔气鼓鼓地从大路的拐角处走回来，婶婶在羊栏那发出声音："没追到吧，看得清楚是谁吗？"叔叔一言不发，堂弟这时跳起脚："肯定是上村赶牛那一家，鸡婆养的，我明天就去要他死！"

　　我们一起走进羊栏，里面的羊都没了睡意，像召开临时会议一样围成一个半圆。一只母羊瑟瑟地倒在地下，它的后脚被拴在一起，它的两只前脚从绳索里挣脱出来，显示出刚才抗争的痕迹，它双眼朝着棚顶，全身在颤抖。从羊栏出来的时候，堂弟告诉我，那只母羊怀上小羊，快要生产了。

　　傍晚呈现一种焦黄色，将鸟兽全部驱赶到幽暗的林地里，将牛羊全部赶下山。昨晚的风波已经过去，今天一切正常，我们平静地坐在小院里等待着叔叔回来吃饭，啤酒平静地浸透在溪水里，等待我们去开启它。但是比往常迟了半点钟，叔叔还是没有回来，婶婶让堂弟和我出去看看。

　　当我们绕过仓库，走到山脚下的时候，看见叔叔就站在那里，一言不发望着右上方。我们循着他目光看去，明白了叔叔为什么耽搁这么久还没有回来，而且一声不吭。右上方是水库的平顶，那里没有护栏，有两层楼高，一只羊不知道什么时候从水泥梯爬到了上边，它站在平顶的边缘，夕阳印在它的脑后，它就像站在悬崖边。堂弟低声对我说，这就是昨天晚上差点儿被偷走的母羊。

　　我们随着叔叔跑到水库下边，对着站在边沿的母羊发出各种怪声恐吓，想把它赶回去，但是它不为所动。我们拿来了细长的竹竿，伸到水库上去驱赶它，竹竿敲在它细长的腿上，使它后退了一小步，但那就是全部了。

天越来越黑，我们用尽了所有能够想到的办法，母羊依旧不离分毫。叔叔示意我们用最后的办法。他一会儿从水泥楼梯上到水库顶上，把羊抓住，抱下来，当然这么做有风险，我和堂弟要做的事情就是站在原地，用各种方法吓唬母羊，不让它因恐惧而往下跳。叔叔悄悄地从水泥阶梯爬上了水库的平顶，在离母羊还有三五米的地方被发现了。母羊恐惧地往后看了一眼，畏畏缩缩地把腿曲成弓形，向边沿挨近，随时都有掉下去的危险。我和堂弟在它身子下方声嘶力竭地喊着，甚至往它身上丢小石子，但它好像被什么东西压弯了，曲着的腿始终直不起来。叔叔渐渐被天色逼迫得失去了耐心，他忍受不了持续已久的无果对峙，他抱着一搏的心态快速向母羊冲了过去，想在母羊做出反应之前把它抓住。这时我看到母羊刚才曲起的身子忽然绷直，它转过身，稍稍顿了一顿，接着朝正前方高高跃去，正前方是一排小屋的顶，离母羊所处的位置足有七八米远。

堂弟惊叫声之后，我听见一声清脆"喀"的什么东西折断的声音。这声音让我想起夏天满大街咬断甘蔗的声音。那时我和爷爷逛乡里的集市，街上四处都是这种惊心动魄的声音。街边一排排蔗农在卖甘蔗，前边摆着的水桶里装满了削好的甘蔗。爷爷给我买了一根，我用上下牙齿咬住甘蔗，手往下掰的时候也听见了这样"喀"的一声脆响。我的嘴里又甜又疼，它让我困惑地往嘴里不断地塞甘蔗，直到我发现上边有着丝丝血迹。我困惑地往嘴里一掏，扭下一颗掉落的牙齿，我口齿不清地对爷爷说："大，我嘴巴出血了，牙齿掉了。"爷爷看了我一眼，笑着说："感谢主，换新牙了，不敢丢掉，回家丢到房顶上去，不然牙齿长不齐。"

我在攥紧手掌之前又低头看了一眼，看到了白色的牙齿和红色的血。

七

爷爷来我家里，告诉我村里现在荒凉，人都走光了。他睡在夜里常被怪声惊醒，那是周围的土坯房因为没人居住，年久墙壁剥落倒塌发出的声音。他又说到羊场，说到叔叔家的那个水泥小院，说里面的草也高了，院门锁着没法去除草。爷爷现在身体不好，但还在乡下种冬瓜。

叔叔不再养羊已有好几年了，他搬到了火车站去住，凭借以前卖羊攒下的钱开始在火车站附近买卖房子和店铺。他目光很准，据说赚了不少钱，还在一直赚钱。他现在的主要工作是在火车站周围转悠，看着四处地段，考虑着生意。

有时我还会在乡下看见别人驱赶羊群，但是它们规模都很小，毛皮也显得干涩，仿佛不良少年。我经过它们身边时，它们高昂着头，不看我一眼，我觉得这不再是我熟悉而亲切的羊了。

最近回了一次羊场，那里像火山灰一样寂静，芦苇长得非常茂密，羊栏的木头歪斜地倒下来，上面长着橘红的菌类。我往回走的时候仓库后面窜出一条狗，它好像是小黑，又不像，已经老得不成样子了。

比目

临近下班的时刻，座机已经不再响了。

对面高楼的阴影投过来，把绿植切成明暗两半。她等着丈夫的电话，他们约好今天去餐厅吃饭。她喜欢美食，但在美餐真正来临之前，又会莫名地感觉乏味。

等待下班的半个小时最难熬。工作上的事情已经不想去做了，原本也没什么紧急的事情，想要做点其他的什么也不可能。座机一动不动，她也一动不动，挺直腰板，望着电脑桌面。

她习惯性地用右手去摩挲左手的一枚指环，上面有一个普普通通的金属像，它的每一个棱角和脉络她都清清楚楚，但还是不厌其烦地去摸。

主任在办公桌对面接起了电话："我在，来吧，嗯，这样，恭喜了，好得很，你一向是有福气的。"

主任放下电话，在电脑屏幕后露出半边脸，看了她一下，在她有所反应之前，又收回身子，夸张地伸了一个懒腰。

一个妇女推门进来，脸笑吟吟朝着主任："主任，和你汇报一下我儿子的喜事，小姑娘是综合科的，刚来，年纪挺小。"

主任又看了她一眼："我知道，原来在一科，今年到综合科，小姑娘不错，不错。"

她往妇女那里看了一眼，才明白主任看她的缘故。妇女曾经极力张罗自己的儿子和她相亲，那时候她也刚到单位不久，大概是两年前。除了姓柳，自己对她什么也记不起来。

她努力了一下，不知道微笑出来没有，说："柳阿姨好。"

妇女正好把脸转过来，看见她，哎哟了一声："禾禾呀，你还是那么漂亮，有孩子了没有？"

"没有。"

妇女嘴动了动，想说点什么，但可能没找到恰当的，停了一会儿，把一个盒子放在桌上，说："阿姨请你吃喜糖。"这显然不是她原来打算说的话。

妇女转身坐在主任边上说话，声音明显压低。她看了一眼喜糖，包装并不廉价，但显得粗俗。她知道身处尴尬之中，想要立即离开。为了给自己保存一些尊严，她暗数三十秒，借口上厕所，走出办公室。

她在洗手间慢慢地补妆，在走廊上又看了一会儿道旁树。绿树被前几天的暴雨冲击，枝丫散开，朝湿漉漉的马路上垂着。暴雨过去，过不了几天，枝条又会挺立如新。她见过。

丈夫发消息来，说有点事务要处理，大概要半个小时，餐位已经订好，待会儿开车来接她。

她回复：雨停了，我自己过去，餐厅见。

一个城市的餐厅太少了，是令人乏味的，这种少，并非指数量，而是自己愿意走进去的。那个餐厅还不错，否则也不会在那里见证一些人生重要时刻，但也仅此而已了。

回到办公室，柳阿姨已经走了，主任满脸兴奋地看着她坐下。

"禾禾，你知道。"他站起来，思索问题般走来走去。她知道，这个角度，他可以看见她裙子边缘露出的大腿。

刚到科室是初夏，她的腿不慎受了伤，不能穿裙子。主任在微信里和她说：好久没见穿裙子的你，很想念。她不敢回复，当作没看见。她加深了延缓治疗的决心，足足两个月没穿过裙子和短裤，直到酷暑到了才放弃。当然，那时对这些她也习惯了。

"禾禾，你知道那个女孩吧，小莎，以前应该和你同事过。"他明知故问。

"才二十三岁呀，紧着就要结婚了，你说这是为什么？"他手撑着桌子，看向她，饶有兴味。

她知道不需要她回答，这是他一个人的游戏。

"先上车后补票嘛，才认识两个月吧，就怀上了。你说那小子枪法真准哈哈，现在只好赶紧结婚了。"

"不过你知道吗？"他得意扬扬地说，"去年这个时候她干吗了？局里很多人都知道的，你知道吗？"

"不知道。"她确实一无所知，而且感觉作呕。时间马上临近下班，为什么他的妻子还没来？

他津津有味地向她说起关于小莎的秘密，或许是一个只有她不知道的秘密。听懂了主任的意思之后，她全身的血往上涌，她在克制，她知道他对猜疑的事情还不敢肯定。他想借此敲打她，让她崩溃，用一个廉价的秘密换取她的秘密。她愤怒、厌恶，但是不敢将目光收回来，那样她会因失态而败下阵来。她将目光虚焦在他的五官上，看见他一张一合的嘴，因为抽烟过度而熏黑的牙缝。她竭力不去听他说出的内容，但无效，这个秘密只需听个开头，谁都能把下面的细节补足，甚至绘声绘色说得比当事人还精彩。

主任妻子不友好的眼神让她回过神来，她才知道主任的话已经说完。她把目光贴到地下，当作什么都不知道，他们语调夸张地说着话离开。

　　主任走了，她坐了一会儿平复情绪，站起来把办公室门反锁，用座机拨了电话。

　　她有很多话想对他说，刚才那半个小时，她积攒了半辈子的话想对他说。但不知从何说起，她在犹豫。她想先听他的声音，他的声音容易让自己快乐。

　　"喂？怎么了？听得到吗？"

　　他的声音轻易地打开她的灵感。

　　"嗯，我在想……你记得我们上次吃饭，最后一道菜是什么吗？"

　　"比目鱼吗？"

　　"噢，你还记得。"

　　"记得，怎么不记得。"

　　"你爱吃来着。"

　　"嗯，要烤得嫩一点，不能老了。但是太嫩没嚼劲也不对，很考验厨师的功力。柠檬要酸，越酸越好，不过你不喜欢那么酸。"

　　"好像过去挺久了。"

　　"很久了吗？"

　　"很久了。你最近吃过比目鱼吗？"

　　"没有，不会平白无故去吃这个东西，而且我要留着见你的时候吃。"

"花言巧语呢。"

"真的，我喜欢普通的东西带点意味，那就不普通了。"

"我今天记起了上次受的伤。"

"哪次，腿伤吗？"

"是的，我故意不让它好起来，那个伤口还留下了疤痕，我舍不得弄了它。有时候夜里还会亲亲它。"

"你好傻呀，不过可爱。"

"记得你弄伤我的那时候。"

"嗯，记得呢，你老爱说。"

"确切说不是你弄伤的，是我自己不小心把车门打开，你从后面温存我。每次这种时候我都控制不了自己。"

"你在哪儿呢，说这些不怕人听见吗？"

"你喜欢听吗？"

"喜欢。"

"那就得了。"

她看了一下手表，现在得把想说的话说出来，否则没有时间了。她不想带着这种情绪度过夜晚。

"我今天听了一些八卦，也许你不会感兴趣。"

"哈，我确实不感兴趣，你们女人的八卦，说来说去就那些，小题大做。"

她沉默了一会儿。他是聪明的，从沙沙的电流声里摸到她的心情。

"你说呗，我最多笑话你，有什么的。"

"今天我办公室来了一个阿姨，她儿子要结婚了，给我们主任报喜。尴尬的是她以前也介绍她儿子给我，他很能缠人的，我好不容易才摆脱他。"

"那是你美嘛。"

"要命的是新娘以前和我一个办公室，也算认识。"

"是有点尴尬。"

"这个小姑娘年纪轻轻的，你知道她几岁吗？"

"你说吧。"

"才二十三岁。"

"也算正常吧。"

"他们急着要结婚，她已经怀孕了，他们才认识几个月而已。"

"嗯。"

"主任告诉我一个秘密，你猜猜去年这个时候她干吗了？"

"也怀孕了？"

"你真厉害。"

"好吧，各人有各人的生活……对了，主任是不是那个裙子先生？"

"裙子先生？哦……你讨厌得很，是他。"

"看来你们处得挺好。"

"我很讨厌他。"

"我也希望找一个讨厌的人讨论这样的话题。"

"好啦，你怎么谁的醋都吃。你先听我说吧。"

"你说。"

"她去年怀孕后，堕胎了，你知道她为什么要堕胎吗？"

"你说吧。"

"她觉得男友的条件不够好，不想结婚，就把孩子打掉了。"

"哦。"

"结果今年又怀上了，眼见马上就结婚，真是一下都没闲着。"

"嗯。"

"你说要是那个阿姨知道了，岂不是很尴尬。"

"你都知道了，她怎么可能不知道，别把别人当傻瓜。"

"是吗？"她说得渐渐有些眉飞色舞了，冷静下来才察觉异常。

"好吧，你还是不喜欢我说这些东西。"

"还好吧，不是太关心。"

"是吗，那你关心什么呢？"

"我觉得你们那儿这种事挺常见的，是民风吗？"

她的心尖锐地疼了一下。

"怎么会常见呢，要是常见我还会特地说吗？"

"也许吧，但听起来也不是什么了不得的大事。"

"那又怎么样呢？"

"我只觉得自己之前的担心是多余的。"

"哦，你又要说那些。"

"不是吗？你告诉我那个男人是混混流氓，会拿过去的事情来威胁你。我也一直担心那件事情会对你不利，常惴惴不安地替你出主意。现在想来挺蠢的。"

"好了好了，我不该说这些的。"

他没有接她的话。

"既然说了我就直说吧，我不喜欢谈堕胎，我厌恶这样的东西。"

她沉默，他接着说。

"我也不喜欢你谈起这些东西来津津有味的样子，什么'一下都没闲着'。为什么要这么说话呢？像小市民一样。她也许有难言之隐，你应该感同身受才对。"

感同身受？

　　走进手术室的时候，她已经麻木了。她躺在床上，敞开双腿，甚至有意摆得放荡些，银色冰凉的器械在下面活动。

　　一个女医生在电脑前看资料，忽然叹了口气，说："也是一条生命，为什么不生下来呢？"

　　"生下来你帮我养吗？"

　　她有意说得足够尖酸和挑衅，但没有得到回应。护士和医生都平静地继续着操作，仿佛她对着房间里不存在的人说话。

　　她丢掉最后一点抵抗，眼角有一点泪沁出来。以这样的姿势躺着，无论怎样都会有些眼泪沁出来吧，她想。

　　女伴在门口等她，为她苍白的脸色大吃一惊，她咬着牙，女伴悄悄抹去眼泪，她还是看到了，还好，我没哭，她心里有一丝欣慰。自从那个男人不想为此负责之后，她就断绝了一切联系方式，她当然记得他，几年的积蓄都在他手里。一切典型得像一部劣等小说，生活就不能有一点点的例外吗，真是令人作呕。

　　"感同身受？像我这样的人怎么配感同身受呢？我就是那种你厌恶的堕胎的人，我还勾引你，勾引有妇之夫，像我这样的烂人，会感同身受吗？"

　　"别这么说，你知道我的意思。"

"我不知道。"

"我知道你……"

"你不知道，你什么都不知道，你自以为知道。"

"你自己也不喜欢自己刚才的样子吧，你是拿别人的错误自我惩罚。"

"冠冕堂皇！我讨厌你这样冠冕堂皇的口气。"

"我一直试着理解你。"

"那我问你，你介意我的过去吗？"

"我不介意。"

"你撒谎，你的一字一句都告诉我，你介意。"

"否认过去的事实是自我欺骗，但它没有在我心里留下阴影，阴影在你那里。"

"承认吧，你一直像看一个怪物一样看我，就像看一个……"她没法说下去。

"放开这件事吧。"

"我真的后悔，为什么我当时会这么蠢，我再没有机会了，就因为这个。"

她极力控制，但整个音调开始往下滑并且颤抖。他沉默了一会儿，重新开始说话了，声音极度温柔。仅仅因为这个声音，她就忘记了对他的怨恨，而把怨恨指向自己。

"对不起。我没有考虑到你的心情。"

"我能有什么心情呢。"

"他对你说起这种话题，你必定是坐立不安的。他是这样的人，我竟然忽略了。我只在乎我自己。"

她扑哧一声哭起来，慌忙用嘴捂住，想用小莎安慰自己的企图失败了，此刻往回看，一张张破烂的旗子在飘。

"我和她不一样。"

"我知道。"

"我和她不一样，我是被骗的，那天我喝醉了，我……"

"别说下去折磨自己吧。我也很不好受。我常常忍不住去想，想你是否爱过他。不管答案是什么，都是让人煎熬的。"

"是我不好，我不该说。"

"没有的事。"

"如果可以抱抱你……"

"可以的，会的……我到了。"他声音忽然转为平静，和平时一样。

她像从梦中惊醒，道了别，放下座机，滑开又一次响起的电话。

他是出版社的中层，工作一帆风顺，身居要职。他每天都穿得精神抖擞，用形象来弥补自身的不足。他并不擅长业务，但在人际周旋上有些本领。他去年和禾禾结婚，岳父给了他不少帮助。现在一切都显得完满，体面的工作、大房子、美丽的妻子。除了，他对禾禾还不是拿得很准。

结婚之后她一直很冷漠，但是又显得友好，让他挑剔不出什么毛病。他们性生活很少，没有要孩子，她回避这个话题。说实话，他有些怕她。不管怎么样，他对这段婚姻总体满意，尤其是对他事业的帮助，他也就不要求更多了。

化妆包是她的堡垒，任何时候把它抓在手里，她就能感到安全。站在镜子前，依着脸孔的走势和脉络，一笔一画的描画都让她感觉渐渐有了力量。自己是美还是丑呢，她看不清自己的整体面貌，只看到骨骼、皮肤、毛发、线条，补妆是在雾里辨出山峰，她慢慢看清自己，觉得又有精力去对付面前的这些事情。

他不知道为什么她一落座就喝了一大杯葡萄酒，他记得她在家宴中从不喝酒。等待她补妆的时候，他在手机上处理了几件事情，达成一笔不菲的订单。他的心情愉快极了，搓搓双手，等待大吃一顿。

她重新入座，两人轻轻碰了碰杯，开始吃饭。

"今天工作很忙？"

"老样子，最近是传统的旺季，总要忙上几个月。"

"最近业绩不错吧。"

"简直是好极了，这个月拿到几笔大的订单，才是上半年，业绩就几乎达到去年的 80% 了，今年可以创纪录。之前的策略奏效了。"

"什么策略？"

"打通政府和校园，先平价进去，和当地的文化研究者合作……"

他看到她眼神有些失焦，就慢慢不说了。

"嗯，很好，"她捋了捋头发，"你很适合干这个工作，你的事业。"

"是呀，我喜欢它，充满了挑战。"

"我不知道自己一天到晚在做什么。"

"怎么会呢。"

"就是这样。"

他后悔刚才说得过于热情洋溢，好像一个无理炫耀的人，他现在接不上话了。他想了想，但觉得说什么也白费。

"可以培养一些爱好，你画画得不错……"

"快别说这些了。"她声音忽然变得僵硬，很快她意识到不对，"对不起。"

"不要说对不起。"他握住她的手，但她的手冰冷湿滑，在上面唤不起共情，他把手放开。

手仿佛不在她身上，她没有在意。

"我不知道为什么，对生活没有什么热情。"

"啊，大家都差不多，我也不是那么有热情，可能是公司文化讲久了，自己也有点上头了，哈哈。"

"我说的是家庭生活。或许，我是个没有激情的人，拖累了你。"

"你千万别这么说，遇见你，是我的幸运。"

他从桌下拿出一个丝绒小盒子，递给她。

"给你的，喜欢吗？"

她记不起今天是什么日子，也就不提。她打开，是一枚戒指，造型显然是精心挑选过的。

"我很喜欢，不过我手指比以前胖了，戒指摘下来要用润滑液，我回去再试吧，我很喜欢的。"

她说完才知道失言了。她不知道他意识到没有，他目光温和。

"我的荣幸。"

她把首饰盒放到包里去。

"我知道的，你是一个恋旧的人，那个戒指一定有很深刻的意义吧。"

"没有，读书时自己买的，戴了许多年，习惯了。"

"我喜欢你的恋旧，希望自己也能成为你的旧，不知道我有没有这个荣幸。"

"你这么说太客气了，我们是夫妻。"

"不妨碍的，你看看，"他指了指周围，"这么多温馨的家庭，内里就一定和谐吗？像表面看起来这样？或者其实这里不少人，实际却是情人关系。"

"那你怎么想的？"

"我想的是，我们要有充分的尊重，充分的包容，这样的婚姻才是智慧的。"

"你真的这样想吗？"

"我知道，"他拿起餐布擦了擦嘴，但他的嘴上很干净，"你在意孩子的问题。我可以向你保证，我完全尊重你的意愿。在这个时代，没人规定谁一定要有后代。而且你看，人类的罪恶那么深重，不要孩子，就能加入到人类毁灭的伟大计划当中去，是不是一下境界就提升了？"

她并没有感觉到什么幽默。

"其实，我并不对孩子感到厌恶。"

"不一定非得厌恶的，"他满不在乎，"我们不可能把所有自己不厌恶的东西搬到屋子里，你说是不是。而且我们还年轻呀，完全不是问题，随时可以改变想法，我积极配合。"

"我并不觉得自己年轻。"她依旧沿着自己的轨道往下说，但稍稍讶异于他的宽容。

他仿佛没听见她在说什么，继续说："我保证，你不会受到来自任何人的任何压力，我们允许并尊重老一辈发表意见，但主意是我们自己来拿。"

"感谢你的包容，你这么好，我怕耽误了你，我是一个糟糕的人。"

"不容许你这么说，"他松松垮垮地握住她的手，"你不仅不糟糕，而且相反，非常坦诚，更不会利用孩子做什么文章。我告诉你吧，最近我有一个亲戚的同学急急忙忙要结婚了，因为新娘子有了。亲戚告诉我，他们都不忍心告诉他，那个新娘在认识他的前一年，刚刚打过胎，也是闪电怀上的。也许有苦衷吧，但我始终觉得，毕竟是成年人了，怎么能不负责任呢？堕胎，甚至有好几个月去引产的，我看过那个图片……"

她想起自己在那段日子里网上搜索到的可怕图片，全身发凉，想要作呕。

他看出了她的不适，收起了这个话题，略带歉意地笑笑："总之我感谢你的坦诚、你的纯净，这些远比什么孩子的问题更重要，我也在努力改造自己来匹配你。"

她知道今天没有说出那些话的时机了，只能暂时等待。等待是漫长的。

刚才的作呕感，让她觉得剩下的牛排黏稠而血腥，她想要些清新的酸味来缓解不适。

"我想看看菜单。"

他对她忽然的食欲大振感到兴奋，站起来招呼侍者。年轻挺拔的侍者马上赶到。

她翻开菜单，指了指："来一份碳烤比目鱼。"

"不好意思，今天卖完了，很抱歉。"侍者恭恭敬敬地鞠了一躬，"用其他的鱼代替可以吗？"

他转过脸去，细细密密地和侍者交代，争取解决这个问题，像工作一样认真负责。她低头不想听，她知道，没有就是没有。

她摸向指环，人像的棱角尖锐，她用力地按过去，希望能刺穿皮肤让血涌出来。这不可能，无名的工匠已经把它的棱角打磨得足够光滑，她也不具备突破边界、刺入血肉的力量。她看了一眼手表，现在才不到八点钟，夜晚才刚刚开始。

为了不让自己哭出来，她用手捂着脸，倚在椅背上，说："我有点头疼。"感到他有点要来关切的意思，她预先轻轻摆动身子，他便收回动作。她只有靠手指暗暗揉搓面部来释放情绪，沾在手指上的眼影和妆容因为凝固而冰冷、油腻。

粘鼠板

一

在小桌前吃晚饭时，他的电话响了，她看了一眼。

他把手机捏在手里，从桌前站起来。陌生号码，他按了接听键。

"是刘主任吗，你是不是徐静园的班主任······"一个气势汹汹的中年女人的声音。

"啊，你好，请问你是？"他换上了刚学不久的官方语气，虽然还有些不合喉咙。

"我跟你说！你们学校教务处的刘敏跟我多少熟！你以为啊。"他脑子浮现出在教务处排课程的黑黑的女人。"还有你们严副校长······"

"呃，请问······"

"今天我儿子，我儿子是在军区里的，说，妈妈，要不要我叫人到学校去，我说不要，他说，妈妈，不要这样算了，我都说不要，我觉得你们老师还是懂道理的。"

"嗯，请问你是？"

"我是徐静园的姨姨，你知道徐静园下午出什么事情了吗？"

"我还没听说，请问……"

"敢这样子啊，敢这样子啊！你们都还不知道！你们下午是不是有体育课？"

他跑到书桌前去找课程表，把椅子砰地撞了一下，他把课程表拿在手里，说："是，有。"

"你们那个体育老师是不是个女的，姓黄，叫黄什么。"

"我们班的体育是黄老师教的。"

"就是下午，你们跑步，结果起跑的时候，徐静园一下脸朝下摔到地上，两颗门牙都摔断了一半，你说你们学校有没有责任？"

他没有马上应答，他做教师不久，这样的问题，还要想一会儿。

"你说是不是在上课期间，是不是在校期间，你们有没有责任！"

"是，是，是。"

他忽然想到，这事应该总务处来管，马上说："家长你听我说，协商赔偿是总务处负责，这事儿你咨询他们更有效。"

"你们总务处电话多少？"

"总务处现在下班了，我把总务处主任的电话给你吧。"他如释重负地报出一串数字，又应要求把体育老师的电话号码也给了她。

"你们敢这样啊，我跟你说，这还不是最严重的，你知道最严重的是什么？"

"嗯……"

"你们那个体育老师，还在那边笑，说，你的牙齿怎么这么脆，这么不经摔。这是一个老师应该说的话吗！"

"嗯……"

"还就叫个女生陪到医院去，她妈妈来接她的时候老师根本就没在场，要是出点事情怎么办！怎么办哦！我明天还会来学校，我一个个电话都要打，明天我都要来找，你们敢这样啊！"

"好的，明天您过来就联系我，我们一定帮您妥善处理。"

他坐回桌前，拿起筷子，点在桌上，放在嘴里嗫了一下，又放下，拨了电话。

"黄老师，今天课上是不是有个叫徐静园的女生把牙齿摔了？"

"是，我处理了，怎么了？"

他想说这样的事情应该要第一时间通知他，又想问黄老师到底有没有说那番话，但出口变成了："黄老师，刚才那家长给我打电话了，那个，她等下也会给你打，好像还很凶。嗯……跟你说一下。"

"没事，我知道了，现在家长就这样，你不要有压力，她要是为难你，就叫她来找我。"

挂了电话，他在想徐静园是哪一个，半天之后，一个长相普通、内向矮小的女生在他脑子里出来了。他叹了一口气，把冷飕飕的饭粒拨到嘴里。

他坐在椅上怔怔想着，上午无课，办公室人不多，阳光也少。

手机响了，他看了一眼，是徐静园妈妈的号码，到走廊上来接了，约在教学楼下见面。

徐静园妈妈穿着普通，长得和徐静园很像，最相似的地方是她们都露出额头，把头发往后扎，在发际线上戴一个发箍。这个特点他在初次见到徐静园的时候就注意到了，因为几乎没有女生这么打扮，她们嫌这样土。

"刘老师，你说怎么办吧！"徐静园的妈妈凶巴巴地说。

他已经预料了一切糟糕状况，但这句话别扭而拗口，和她很不协调。他看了一眼，徐静园妈妈脸上的肌肉在努力做出凶恶的表情。

他眨眨眼睛："要办，一定得办，妥善处理。"然后和徐静园妈妈边走边说。

徐静园妈妈却不讲赔偿细节，絮絮叨叨重复了几次徐静园现在的牙齿状况，说她两颗牙都损了，在家里哭了两回，现在更不爱开口了。来来回回地说，脸上也不凶了，眼睛倒有点红，不时拿手背去抹鼻子。

"啊，是，女孩子爱美，这样是很伤心，我是个男的吧，小时候牙齿磕了一点，也伤心。"他说着张开嘴，手指着自己的门牙，忽然觉得这么做很不恰当，又把手放下来。

徐静园妈妈站住了看他："你好年轻啊，刚毕业吧，这么小。"

"啊，倒不至于，但做老师不久。"

"你爸爸妈妈肯定很高兴了。"

"……"

"昨天我妹妹给你打电话是不是很凶啊，你不要在意啊，她性格就这样，也是着急，她对静园是真好。"她又拿手背去抹鼻子。

"嗯，都是为徐静园嘛，理解理解。"

她忽然有点忸怩："其实我们本身就不宽裕，本来还想申请助学金，但徐静园不肯填表，说会被人笑，我也就算了。这次她牙齿摔了，医生说补好要很贵哦……"

"没事啊，你可以叫她到我这里来拿表格，不会被笑，我在班上教育过大家，会保密的。"他轻快地说着，他已经大概知道徐静园妈妈是个怎样的人了，她这样商榷，实际落了下风，他感觉轻松了，甚至有点轻视。

"她不肯啊，算咯。我妹妹等一下来，我们一起去总务处说赔偿的事，总务处在哪呢？"

预备铃响了，他才想起一会儿有一节课，说："就在对面二楼，门上有牌子，我一会儿有课，先失陪，有任何需要打我电话。"

"好。"

徐静园妈妈站在那不动了，他点头致意一下，往楼梯那走。刚做完广播操解散的学生成群结队往楼梯上涌，他遇见配班的谢老师，就一起随着人潮，聊着班级情况，慢慢往楼梯口移动。

"你是不是刘老师！刘老师！"

一个粗鲁的女人声音响起来，他和谢老师颇诧异地往回一看，一个中年女人冲了过来。

"怎么办，你们说怎么办！"她的两个手打得啪啪响，"敢这样啊！徐静园在家里哭，说自己毁容了，不来上学了！毁容了怎么办！你们说怎么办！你们谁赔得起！今天我儿子讲，妈妈……"

他注意到周围的人惊诧地看着自己，一片闹哄哄中，他竭力平静，红着脸提高声音说："我们肯定会负责到底，总务处已经准备和你们协商，你们先过去吧，我还有课，下了课再和你们联系。"

他看见徐静园妈妈走过来拉着她的妹妹，为难地点了点头。

"好！我都找！我一个个都要找！我还要找到市里去！"

上楼梯时，谢老师还是大张着嘴："那家长是谁? 干什么?"

"她女儿昨天体育课把牙齿摔坏了。"

"那去找体育老师啊，找你干什么，还大喊大叫，有病啊。"

他苦笑了一下，叹了口气。

"是啊，跟神经病一样在总务处大喊大叫，还是保卫科老林过来，凶她几句，她才不敢乱叫。"年级主任端着茶杯在那里讲。他刚从教室回到办公室。

"喏，就是他班上的。"年级主任指着刚走进来的他说道。

"是哦，多少凶哦，刚才就在下面大喊大叫，学生都走不过去了。"谢老师边吃零食边补充。

"就这样，我们学校能收什么学生，都是些醒醒死的学生，醒醒死的学生，就有更醒醒死的家长，都是这副德性。"他听见声音从办公室的一个角落传来，他已经懒得分辨是哪里。他一屁股坐在椅子上。

"小刘，你看下档案上写她父母是干什么的。"年级主任说。

他找了一会儿："徐静园……父母都是食品厂的。"

"有没有当领导？"

"写的职工。"

"他妈的我还说什么鸟人，什么鸟职工，食品厂到处欠钱都要倒闭了，还有什么鸟职工，就他妈的下岗没工作的，敢跑到这里来闹。没事，随便搞定他。"年级主任吹散了杯上的热气，开始品茶。

他虽来不久，也清楚这个工业城市的衰败，大多数厂家都在惨淡经营。马路上有很厚的灰。他不讲话了，坐在那等上课铃响。

响铃之后，多数老师都离开办公室，年级主任在经过他身边时说："你们班那个小孩子，有空多安慰一下她，女孩子都爱美。下次这些事情，要小心一点。"

他本来是准备放学之后去找徐静园谈谈的，虽然他还不能忘记刚才被徐静园姨姨截住的尴尬。但听年级主任这么一说，厌恶之情忽然充满了全身，他机械地点点头。

从总务处回来，他心情很糟糕。他痛恨自己刚才在总务处的表现，总务主任大发雷霆，问他为什么没有第一时间处理，这不是在新教师培训里强调过的吗？他想解释，脖子的青筋都勒起来了，却什么都讲不出口，他寄希望地看着站在旁边的黄老师，希望她说点什么，但她什么都没说。总务处长挥挥手，似乎厌烦了他张口结舌的表现，说学校现在缺人手，刚招来一个总务处工作人员又跑了，现在没人做，要他把这件赔偿的相关事情全部包下来。他从总务处退了出来。

他还没有和徐静园谈话，也不准备谈了，既然都走程序了，谈也是没有必要的。上完课，他准备回办公室，一个怯生生的声音在走廊上叫住了他。他一看，是徐静园，他尽量使自己看起来可亲些。

"刘老师，我和你说个事行吗？"她捂着嘴说。

"说吧。"

她递过来一张收费单据："我妈妈问，学校能……能不能先……给我们一点钱，昨天花了两千块，反正……也，也是要给的。"

听她好不容易说完，他接过单据看了一下，心里在想一个问题，却不知怎么问出来。

徐静园却像知道："我爸爸，最，最近也看病，家里没什么钱了。"

"好，好。我帮你问一下。"他没法拒绝了，走到稍远的地方给总务处打了个电话，事情比他想的顺利，只是又要做很多申请材料。

"可以的，明天你去总务处拿。填表格。"他说。

"谢，谢谢老师。"

他叫住转身要走的徐静园，站在走廊上和她聊了一会儿，他还算幽默，结合自己以前的经历，把徐静园逗乐了两回，看见她那两颗破损的门牙。

他在办公室坐着，等着孟洁过来。平时一个不怎么说话的中年教师走过来："小刘，你们班那个学生家长的情况介意给我看一下吗？"

中年教师手指点在资料本上："是他。这家人我知道，他们两夫妻都是食品厂的，都是半下岗状态，她爸爸又是偏瘫，没法工作，每天都要吃药，家里日子难过啊。你平时能关心，就多关心关心她。"他赶紧点了几下头。

孟洁过来了，叫了一声还在思索的他："老师，你找我？"

"嗯。"他看了一眼手上的材料，有些恼火，"别人材料都交齐了，你的材料怎么还没弄好？助学金还要吗？"

"要啊，老师，当然要，我家里很困难的。"孟洁自然地摆动着身子，在撒娇。

他不喜欢孟洁，虽然她是郊区上来的，寄宿在学校里，但喜欢打扮，并且打扮得很俗气。她很知道怎么利用女生的优势撒娇或者耍赖。这点尤为让他反感。

"这个周末必须把材料备齐，下周一必须交！"

"哦。好的，老师，那我可以走了吗？"孟洁眨着眼睛。

他低头去看材料。

一会儿，他把头抬起来，手里捏着助学金表格，抬头看桌上的植物。他听班上一些女生说孟洁家做生意，不缺钱，只是因为没单位，填表时很有优势。之前他听说过，并不在意，这只是上边的任务，钱给谁他都随意。但今天他觉得是否可以将名额换成徐静园，毕竟她困难多了。但徐静园不肯填表，要去给她做工作，孟洁是个很难缠的学生，会想要这笔钱，因为她懂得花钱。想到要说服徐静园和孟洁，他脑子就乱。即便都说通了呢，说通之后，徐静园姨姨这么厉害，鬼知道会弄出什么事来，不是引火上身吗？他呆呆地想，目光往下落到破旧的办公室里，想起了自己现时的处境，忽然索然了。何必管呢，多一事不如少一事，随便吧。他看了一眼表格，把它搁到抽屉里。

二

她握着水果刀，拿刀尖剜着苹果烂掉的地方，水龙头溢出的水溅在苹果上、手上，又顺着刀刃流向水池底部。这些苹果是她在超市的特价水果区买来的，那里还堆积着霉烂的香蕉和干瘪的梨，不耐烦的黑蝇子飞在上面。她从来没有到特价水果区去，但是那上面贴出血红的便宜价格和水果区粉嫩红富士上面高昂的价格的对比实在刺目，好在超市现在行将打烊，灯也关了几盏。略显昏暗的环境使她觉得没有很多人在注意她，她走到特价水果区，翻了一下苹果，呀，乌黑的伤痕真是可怕！她往后退了一步，瞟了一眼踱步过来的一个老大爷，假装，实际上也是打心眼里鄙夷地望着特价区，随即到邻近的蔬菜区假装看蔬菜。但西红柿和生菜并没有漫到她眼里去，她脑中想的是把那些霉斑挖掉，苹果还是粉嫩的呢，只不过因为在搬运过程中掉到地上了吧，这么便宜，为什么不买呢？

把苹果的梗拔去，把刀尖揿进苹果上沿的一个黑斑里，腐烂物如果冻滑出，她摁着刀柄，用刀尖在苹果上刮了一个圆，保证腐烂物全部清除，果肉被刮起的吱吱声就像指甲刮在玻璃上一样，让她难以忍受。她觉得牙齿有些发酸，于是奋力咬着牙齿，但是骨头好像又酸了，她忍着酸，把苹果中部的一个更大的黑斑刮开，吱吱的声音更大，混杂着水流声让她头昏脑涨。她忽然想到自己为什么会在这样一个小破房间里面，在这样一个不熟悉的地方，吃着这样的烂苹果。在她把苹果翻转过来，准备剜第三个黑斑的时候，她的眼泪忽然从眼眶里滑了出来，滴在水槽上，但是迅即被刀刃下的水流搅没，一齐流向水池中心黑洞洞的孔里。她五指用力捏着苹果，忽然想把它丢到脚边的垃圾桶里去，不再受这个屈辱了。

她小心地翻检着特价区的苹果，觉得一个都不能要，心中烦躁得想走。但她知道这是她的偏见，只是在浪费时间，她恨不得扇自己一耳光。她迅速地把三个稍微不那么腐烂的苹果放进包装袋里，实际上她已经盯了这堆苹果好一会儿，对于选择这三个已经不能再确定了。她迅速离开特价区，走向称重区，幸好现在一个人也没有，她小心地把透明的包装袋折了一下，使得苹果的霉斑不那么明显。但放上电子秤的时候，称重的阿姨却打开来看了看，同时问："是特价水果吗？"她没料到这一着，羞得头都没敢抬起来，支吾了一声。好在阿姨转头和人讨论电视剧去了，麻利地把算好价钱的苹果递给她，她匆匆离开了称重区，低头瞟了一眼价标，真的好便宜！她终究还是没舍得把苹果扔掉，她把洗好的苹果切成十几小份，装在白瓷盘里，插上牙签。他下晚自习还没回来，虽然他老说她这样是穷讲究，但是她喜欢尽量生活得讲究一点。她尝了一口，把霉斑剜去，苹果的味道还是不错的。随着半个多苹果下肚，她的心情好了许多，虽然嘴巴里还留着一些未完全清除的腐烂的苦味，但是已经被便宜的喜悦冲淡了。她开始想到今天在特价区看到的干瘪的水晶梨，虽然干瘪了，但也许把外面削去，里面还是美味呢！可以生吃可以煮着吃，他老是说讲课时嗓子疼，正好多吃些梨。这么便宜，明天应该去买一些来。

三

他一边呵着手，一边做材料，眼看六点，天全黑了。他捯饬了一下材料，准备回到出租屋里和她一起吃晚饭，她应当做好饭了。起身时，才想起今天是周四，她要在单位里值晚班，不回来了。他叹了口气坐下来，懒洋洋地翻着材料。她在一家不大的企业里坐前台，企业来人很少，只需她一个人陪着棕色的台座。她薪资很低，但也是他们目前急需的。他一直希望她能换一个好一点的工作，缓解一下现在的经济困难。但，难。父母不在这里，帮不上什么忙。

六点三刻，他一人在街上慢慢走，手藏在外衣口袋里，心里乱糟糟，同时又空荡荡。学校附近有一条还算繁华的商业街，沿街店铺挂出的猩红纸上写着极其丑陋的"降价""清仓"字样，让他感觉俗不可耐。他站在一个十字路口，等待一群光滑的小车用厚实的轮胎习习作响地从湿漉漉的人行道上越过，离他最近的一辆SUV上，挡风玻璃后边，带着麋鹿毛线帽的小婴儿被妈妈举起来，手向前伸着，去抓流淌到玻璃上的霓虹光影。他看着，笑了一下，低头走过了马路。

他推门走进一家牛肉面店，这里比较便宜，也较干净一些。因为便宜，他的学生很多都来这里吃，总能在狭小的店面中撞见，他特地等到放学很久才过来。

店里开着空调，暖风使他的脸燥热。他环视一下，店里现在已经没有学生了，都是周围店铺里的销售，穿着店里的制服，别着胸卡，漫漶的眼影上下纷飞，她们手指叼着纸巾，很大声地说着话，嘴唇被辣得通红。

他挑角落的一张空桌坐下，拿桌上的纸巾把桌面仔
细地擦拭了一遍，又拿袖子在桌上挥了一下，把两手握
着支在桌子上，热气让他满意。

一个年纪蛮大的服务员朝他走过来，用不熟练的微
笑说："小伙子，吃什么？"

这个服务员他之前没有见过，和店里其他大嗓门的
乡下妇女服务员不一样，她穿得不错，保养得也还行，
就是年纪明显已经很大了。

他客气地笑了："炸酱面。"

"啊？"她似乎没有听清楚。

"炸酱面，就是十块钱一份的那个。"他稍稍站起
来，指着她手里菜单的一行。

"哦，好好，马上来。"她憨厚地笑着点头，灰白色
的卷发在摆动。

他掏出手机，看着体育新闻。

"你怎么搞的呀，不是说加香菜吗，不要葱，你又
给我放葱。"一个女人挥舞着筷子和调羹。

"呀呀，不好意思，我搞混了。"她为难地点头道
歉，手在围裙上搓。

"现在怎么弄？"

"不好意思。"老板从后面走过来，把那碗面端起
来，"我马上叫厨房给你换碗新的。放香菜，不放葱，

对吧。"

"服务员，赶紧把桌子收拾一下。"一个带着小孩的女人把小孩抱到膝盖上。

"诶，诶。"她赶紧转身，左手端着吃剩的残汤，右手拿着布在桌上来回抹，然后急急忙忙地转回去，碗里的汤一颠，甩出一些，溅到了地上。

"啊！你搞什么啊！"邻座的一个女人大叫，"溅到我腿上了！"

她慌了，把那碗残汤顿在桌上，嗖嗖抽出好几张纸，就要俯身去擦。

"你把这么恶心的东西放我桌上干什么！要不要吃饭啦！老板！"

老板马上赶来，把那碗残汤擎起来，点头致歉："真是不好意思，我们马上弄干净。"一边低头对着服务员说："阿姨呀，把地上搞干净来。"

"诶，诶。"她又多抽了几张纸，把地下的汤汁都擦拭干净，撑着膝盖站起来，边走边对每桌点头致歉，"不好意思啊，不好意思。"走到他边上时，她说："不好意思，久等了，你要吃什么？"

他客气地笑："没事，你忙吧，我已经点过了，我等会儿就行。"

吃完一碗炸酱面和配上的热汤，他觉得舒服多了，心里也不那么空空荡荡，他掏出手机，想给她打个电话，调到通讯录，想到她会说的话，又放下了。

他走到柜台那去付钱，看见服务员和老板站在一处，老板低声说："阿姨啊，你记性不好就不要招呼客人好了，以后你去厨房里帮忙吧。"

她不安地点点头，又点了点头。

四

她回家来了，从包里拿出一团灰色的东西，他从阳台的油烟里进来，往围裙上抹抹手，看了一眼她手上的东西。

"你不会笑我吧，我捡了这个。"

他打开冰箱门，取了两个鸡蛋，漫不经心地往她那看一眼，她手上拿着一团灰色的干枯了的藤条，他拿不准她拿回这个来做什么，嘴上说："不会呀，蛮好的。"

两人在小桌上默默吃了中午饭，同往常一样，她还是说自己不喜欢到工作的地方去，一个人坐在那里，可有可无。

"我都不知道那些人是谁，在车上没有话讲，一个人呆着。我不想坐公司的车了。"

"唔……坐公交就有人讲话了？"他对她的想法恼

火，免费的车不坐，坐公交？

"公交不一样，公交上大家都不认识啊。可公司的车上大家都在聊天，没人理我。"

"你要主动一点。"

"怎么主动，我都没有话题说，我坐前台，半天也没人来。他们的业务我不懂。坐我旁边的那些人也扭头去和后面的人讲话。"

"嗯……慢慢就熟悉了。"

"怎么慢慢？都这么久了。"

"……"

"不喜欢这样。"

"考公务员吧，考上了就不用干这个了，我也不喜欢你做这个。"

"你只会这样说。"

他不再搭腔，嘴里嚼着菜，脑子想着做材料碰到的一些麻烦事，她还在絮絮叨叨地自己说个没完。他们都惯于这样了。

吃完饭，把脏碗放进水池留待晚上洗，他照例开始午睡前的浏览体育新闻时间，她在阳台上叫他："过来，帮个忙。"

他不太情愿地走到阳台上，他讨厌每天不多的休息时间被侵犯。他看见她手里捧着那一团野秋藤，心里很不舒服，讨厌她把时间都花在这样无聊的事情上。他声音粗粗的："要怎样？"

但她好像没有受到一点影响，像捧着一团花一样，上上下下地端详着："是不是很美。"一边露出笑容来。

"帮我牵着这头。"

他没答话，站在那，照着做了。她一边整理着杂乱的秋藤，一边往阳台的另一边退。

他看着手上的秋藤，像细铁丝一样微微颤动，藤上枯萎的叶片内卷，想起小时候在家后面玩耍时土丘上的藤，夏天是那样油亮热烈，秋天又是那样轻逸层叠。

她慢慢地捋着秋藤的脉络，无一丝不耐烦，他也居然这样站下去了。沿海的秋冬是和内地两样的，潮湿的时候多，像今天这样，阳光照着阳台的时分少。他也难得享受了一下阳光，记得她刚到沿海来的时候，很不适应这里的气候。

慢慢地，一团糟乱的秋藤居然被捋出一半的脉络来了，她嘴里嘟囔了一句"够长了"，拿着剪子把厘清的那一半剪了出来，进了房间。

"你是在哪里拾来这个藤的呢？工地上吗？"他知道她的公司在盖新片区。

"也不算，在旁边的一个土坡上，我看见它萎在地上，很好看。就把它卷起一捧带回来。"

"……"

"旁边一个人看见了，问我捡这个做什么？我说挺好看的，捡回去玩，他笑了起来。"

"嘲笑？"

"就是笑了……你过来。"她扬着手，"帮我量一下长度，两米就差不多了。"

他们两个按照两米一条的长度，把那条藤截成了六七条。

她开始忙活着剪透明胶，然后把六七根藤条疏密有致地粘在墙上和窗上。

"怎么样，好看吗？"粘完之后，她把双臂打开，在屋子里转了一圈。

他看着焦黄的藤条，想起小时候在老家，秋天稻谷收割完，田埂上尽是这样焦黄茂密的草，他们爬上高高的田埂，压着草滑下来，草那样密那样深，像钻进了草的隧道。滑下来又爬上去，爬上去再滑下来。

"嗯。"他想说好看来着。

她往后靠，倚在他的身上。

五

周末回到父母家并不像想象中那样愉快。不远但也

不近的路程使劳累把兴奋感冲得很淡。在家也不知道说
什么，吃饭时就默默吃饭，不用做饭不用愁地方吃饭是
唯一令人满意的。

　　下午的阴云很密，让本想出去走走的他越发不知道
该做什么。他进了房间，爸妈在和大哥、二姐谈把家里
重新装修一下的事情，他一推门进去就听见自己最不愿
听见的话题。他没法马上退出去，倚在床边站着。爸妈
在谈大哥、二姐该出多少钱，总数该多少，然后目光很
自然地，不带任何质询地落在进来的他身上。他感觉困
窘，又有些恼火，轻轻咳嗽了一下。等他们重新开始谈
论的时候，他退出了房间。

　　小阁楼间里还保留着他读高中时的样子，半个书柜
的书堆在那儿，一半以上他还没看过。他挨着书柜坐
下，拿出一本《南唐二主词校订》，翻了几页，看不下
去，又换了一本《十日谈》，看了半晌，觉得又冷又俗。

　　他把两本书推到书架底端，走回来，坐在椅子上，
拿出手机，拨了一串号码。

　　"喂？"熟悉的女人的声音。

　　"是我。"

　　"知道是你。怎么有空和我打电话？她不在？"

　　"嗯，你别管。"

　　"是，我都不用管，你也不用理我了，干吗还和我

打电话？"

"……"

"哼，讨厌你。最近工作开心吗？"

"就那样。"

"哪样？"

"学校、同事都让人恶心，学生也很恶心。不想干了。"

"就你聪明，就那样呗，都差不多。"

"你呢，你最近怎么样？"

"年底准备结婚了。你来不来？"

"不来。"

"为什么？"

"太远了，我懒得出门。"

"哼，讨厌你，你就是懒。"

他虽然说得很轻快，但是感觉索然，他听说她找了一个蛮有钱的未婚夫。豪华婚礼、跨国蜜月这些不相干的东西忽然在他脑子里出来，他嘴唇凉凉的。

"那不随个彩礼给我？"她又半开玩笑地问。

"不，我去揍他一顿还差不多。"他尽力维持着开始变形的幽默。

"给我买个礼物总行吧。"她那边好像在撒娇。

"我想想，"他觉得兴致全无，不想再把谈话进行下去，至少在这个话题上，"呃……我爸妈叫我有事，我改天再给你打。"

"好吧，拜拜。"

"拜拜。"

"嗯……我想你了。"他本想按下结束键，但被她这呻吟一样的"嗯"勾起了遐思。

"嗯，我会再给你打的。"

删掉通话记录，他在院子里又走了一圈，忽然想到今天他们回到家以后，他还没怎么和她讲过话，该去关心一下她在干什么了。他搓了一下脸，叫她的名字。她在西边的卧室里模糊地应了他一句。他一看钟，该吃晚饭了，是一个恰当的时候，他推开西边卧室的门。

他看见她一动不动地坐在电脑前，电脑的微光映照在她脸上。

"吃饭咯。"

她看了他一下，没有作声。

"你在玩什么东西？是不是又在看没有结尾的电视剧？"他竭力使自己的语调听起来幽默。

"我在查一个演员的名字，他也叫刘洋。"她的语调很正常。

"哦，这样。"他放松了，已经完全不关心这个问题，为自己和她的关系又渡过一个浪头而庆幸，"好，我在餐厅等你。"

六

经过疲惫的旅程，他们在半夜回到住处，他还在为刚才和黑的讲价时黑的司机充满意味的眼神而愤愤，但为了应对周一的早起，此时洗澡才是最重要的。

擦干头发之后，他困倦地钻进被子，她洗刷的声音还在单调地响着。他本应很快睡着，但不知为何又想起了徐静园和孟洁，一个缺乏帮助、爱护却不敢要求，一个总是精明，事事都要占便宜。明天是交材料的最后一天了，我该把他们的助学金换过来吗，可是一天我应付得了这么多事吗，徐静园的理赔材料我还没做完，总务处催着交了。明早是升旗，一大早又要维持秩序和点名，烦不胜烦。明天是本月的最后一周了，房租又得交了。他把头钻进枕头里，为什么明天这么多事情呢，他想起来就恐惧。能不能直接就把明天删除，跳到后天？直接要个结果就行了。我还管得了这么多吗……他想着，慢慢合着被子睡着了。

不知过了多久，床头的灯忽然亮了，接下来是床铺上"砰"的一声，然后整个房间的灯亮了，他被晃得睁不开眼。

"刘洋，来帮我一下，把它找出来。"他看见她穿着睡裙模糊地在房间里走动，四处搬动着东西。

"什么呀？"他很不情愿地搓眼睛。

"老鼠，有老鼠。"

他拿起床头的手机一看，凌晨三点，他很恼火，明天还得早起。他知道房间有老鼠，一直没空去对付，干吗非得今天晚上呢？

"明天再说吧，这么晚了。"他掖了掖被子。

"不行，它还在到处乱窜，我睡不着，我们把它找出来。"

"哪有？"他听她这么一说，掀开被子，从床上坐起来，仔细地听，可是除了耳蜗里微小的嗡嗡声，什么声音也没有。

"有！"她左手绞着垂下来的头发，右手揪着睡裙，眼睛睁得大大的，"它在那儿，它在那儿！"

后记

提笔写后记的时候，正是岁末年终。我身处的南方沿海，则是夏天向秋冬遽然转换的季节，气温的摇摆震荡和任性，一如我这段时间的心情：颇不顺利的长篇小说收尾工作，让我的情绪每天在"看起来不错"的自矜和"简直糟透了"的自惭中交替。一个声音频频响起：为什么要写作？尤其是写小说？

我并不热衷读小说，我在写小说里遭受的痛苦比欢乐多，但答案在这里：我在写小说时偶然获得的一些欢乐（没法预计、没法控制的），是我在他处无法获得的。于是还要继续写下去。

好小说是没有具体标准的，这才能让它自外于流水线产品，但我依然同意"小说是生活的发现"这一说法。回顾我的九篇习作，均是出自这一主张，所以未免有概念先行的状况：很多人的小说是来源于故事或者人物，我的小说往往是来源于观念或者概念——说白了，是一种对生活重新审视的发现。

如果要说得具体一些，我的小说想表达的主题，是这样一幅画面：

> 日落时分，一个年轻人，二十多岁，已经有了家庭，妻子和孩子在家里等着自己。他从山坡上走下来，这时有鸟群飞过，远处有人隐隐约约唱着歌，夜晚正在悄悄到来，他看着逐渐模糊的远景，慢慢走着，心头浮出了一种不该出现的感想：他怀疑生活，他不知道要到哪里去，他有万千句话想说，却一句也说不出来。

有着敏感心思的读者，不难从这幅画面中看到我的趣味、风格、色调乃至师承。我原本想借写后记的机会，罗列几条此时此刻对写作的看法，也确实写了几条，但临了却觉得实在有点愚蠢。我没法将它摊开，用一个场景来注解，也许是更好的方式。因为我理解的小说本就是谜语或者玩笑一类的东西，很混沌、很轻盈，即使它的内里可能很繁复、很精密。